Saudade não viaja bem

Saudade não viaja bem

Lu Lacerda

1ª edição

EDITORA RECORD
RIO DE JANEIRO • SÃO PAULO

2022

CIP-BRASIL. CATALOGAÇÃO NA PUBLICAÇÃO
SINDICATO NACIONAL DOS EDITORES DE LIVROS, RJ

L138s

Lacerda, Lu
　　Saudade não viaja bem / Lu Lacerda. - 1. ed. - Rio de Janeiro: Record, 2022.

ISBN 978-65-5587-529-4

1. Ficção brasileira. I. Título.

22-77196
　　　　　　　　　　　　　　　　　　　　CDD: 869.3
　　　　　　　　　　　　　　　　　　　　CDU: 82-3(81)

Gabriela Faray Ferreira Lopes - Bibliotecária - CRB-7/6643

Copyright © Lu Lacerda, 2022

Todos os direitos reservados. Proibida a reprodução, armazenamento ou transmissão de partes deste livro, através de quaisquer meios sem prévia autorização por escrito.

Texto revisado segundo o novo Acordo Ortográfico da Língua Portuguesa.

Direitos exclusivos desta edição reservados pela
EDITORA RECORD LTDA.
Rua Argentina, 171 – Rio de Janeiro, RJ – 20921-380 – Tel.: (21) 2585-2000.

Impresso no Brasil

ISBN 978-65-5587-529-4

Seja um leitor preferencial Record.
Cadastre-se no site www.record.com.br
e receba informações sobre nossos
lançamentos e nossas promoções.

Atendimento e venda direta ao leitor:
sac@record.com.br

Pois para isso fomos feitos
Para a esperança no milagre
Para a participação da poesia

VINICIUS DE MORAES

Pela autonomia de todas as mulheres.

A meus irmãos, a tia Alice.

1.

Eu grávida e sem poder ter o filho. Quando meu namorado foi me buscar, muito cedo ainda, me deixei levar. Estava sem dormir, numa espécie de transe. O inusitado esperava por mim, eu esperava por ele, ou esperávamos um pelo outro, sem desejo do encontro. O que ele falou, também não sei. Da maior parte do percurso, não me lembro.

Minha recordação me leva ao momento em que eu estava deitada, de pernas abertas, num lugar tão feio e tão frio. Tudo piorou quando o médico mandou que eu abrisse ainda mais as pernas, dizendo que naquelas condições, com o corpo travado, as coisas ficariam mais difíceis. E a cirurgia começou. Apesar da proximidade, em nenhum momento nossos olhares, meu e do médico, se encontraram, mas eu imaginava que o seu olhar fosse clandestino. Meu namorado conseguiu que o aborto não fosse por sucção, o que me apavoraria ainda mais, a ideia de que os meus órgãos todos seriam sugados junto. O tique-taque insuportável do relógio na parede se misturava a ruídos de metais se tocando, seguidos de um som parecido com o de uma colher tirando um líquido, descolando algo. Quando senti isso, pedi pra ver. Ele se recusou a mostrar. Insisti muito, gritei que precisava olhar. Eu soluçava. Meu namorado fez que sim com a cabeça e o médico mostrou. Era alguma coisa esponjosa de cor meio indefinida — meio esbranquiçada por um lado, meio avermelhada por outro — no meio de uma espécie de vasilha de louça branca, boiando no sangue. Ele ia tirar rapidamente de perto do meu rosto, mas segurei firme seu braço e olhei, olhei, olhei pelo tempo que consegui. Melhor seria não ter visto. Eu queria que as explicações desaparecessem no ar da sala gelada, tanto quanto a imagem do mascarado de branco. No carro, ainda meio anestesiada, sentia um vácuo muito grande em mim, como um arrombamento. Carreguei aquele segredo, que considerava inconfessável, como uma cruz pesada. Me lembrava de tudo todos os dias. Entre as sobras daquela data, ficou uma marca física que traz de volta a história: em um dos bicos dos meus seios o tom de rosa já ensaiava uma mudança — descora, mas não some. Nunca mais voltou ao que era. Aos outros, imperceptível.

2.

Quando voltei do aborto, sabia que não teria a quem abraçar. Deitei na cama, fechei os olhos e fui ao encontro dos cavalos da infância, andei por onde costumava andar, me lembrando de frases de meu pai: "Ajeita o estribo da menina, pra ela não cair." "Filha, cuidado, esse cavalo não é muito manso." Era a voz da segurança nos primeiros anos de vida. Como eu queria ouvir palavras assim agora. Lembrei das poucas vezes em que me carregava no colo, quando eu fingia que dormia na sala pra ser levada em seus braços para o quarto. E de minha mãe reclamando: "Bota essa menina no chão, ela tá fazendo manha." Ou ainda: "Quando você crescer e tiver filhos, há de ver o que uma mãe passa." Não tive o filho e estava passando por aquilo. As lembranças aumentaram minha solidão, mas procurei retê-las, ampliá-las até bem longe.

3.

Ainda criança deixei a fazenda pra ir estudar na cidadezinha mais perto. Fui, sem saber direito pra onde, mas tinham decidido assim. Fui embora da terra, da segurança, do amor de pai e mãe. Na bagagem, algumas bonecas. O que estaria deixando de levar naquelas malas pesadas, arrumadas pela minha mãe? Muita coisa. O mais importante e precioso ia ficando. Na saída, perguntei: Vou levar a vida só, mãe?

E ela, sem me olhar: "As camisolinhas ficaram de fora." Vou levar a vida só, mãe? "Guarda o dinheiro direito." Vou levar a vida só, mãe? "A escova de dentes." Vamos viver sozinhos, disse ao meu cãozinho preto, que percebia muito bem todas as coisas. E a última negação: "Ele não vai." Sentei-me no chão e peguei meu cachorro no colo. Como iria viver sem ele? Nos entreolhamos.

Chovia muito naquele dia da partida. O jipe atolou e desatolou algumas vezes. Eu não sabia se prestava atenção à lama, à chuva ou a tudo que meu pai recomendava enquanto dirigia. Precisava usar todas as oportunidades para dar alguma lição de vida. Somente ao chegarmos na parte asfaltada da estrada o sol reapareceu. Sol de inverno, de que gosto desde pequena, mais do que o de verão. O calorzinho e aquela luz tão forte trouxeram algum significado pra mim. Talvez pro meu pai também, mas nada dissemos. Nos dois, a dor da separação. Quando nosso carro cruzou com a caminhonete de um vizinho de fazenda, meu pai falou: "Minha filha vai estudar fora." E o homem: "Vai estudar pra ser o quê?" Ficou sem resposta. Às vezes ele fazia isso. Mudava o assunto ou fazia de conta que nem ouviu, seguia adiante. Achei bom que nenhum de nós soubesse o que eu seria. Na verdade, eu acreditava no meu sangue de camponesa. Não tinha vontade ou curiosidade de ir estudar em outra cidade, estava acostumada ao meu professor que chegava montado em sua égua alazã toda manhã para me dar aulas junto ao meu irmão. O que me importava, existia ali — cachoeira, passarinho, árvore, cavalo. Como foi difícil deixar pra trás a fazenda! Durante o percurso, desejei que as cobras aparecessem para acabar com aquele pesadelo, ou que o jipe caísse num barranco intransponível na estrada, ou, ainda, que surgissem os discos voadores (tão esperados pela minha mãe), ou que acontecesse qualquer coisa que impedisse minha partida. Mas chegamos à cidade. Antes de meu pai entrar no carro de volta, abracei suas pernas, implorando que não me largasse. E ele dizendo: "É preciso estudar, minha filha; seu pai vai voltar sempre." Eu chorava descontrolada e pedia: Me leva, pai, me leva. Ele se desvencilhou de mim e partiu. E o barulho do carro ia se distanciando cada vez mais. Reparei no salão desconhecido, com meu priminho perguntando se tinham me apartado de minha mãe como fazem com os bezerros e as vacas (na época do desmame). Aí, minha tia disse: "Tira a mão do rosto, menina boba." Tive medo dela e chorei ainda mais. Nunca vou saber definir o sentimento daquele momento. Não existe nada parecido no mundo.

4.

Eveio a primeira noite. Inesquecível. Custei a dormir, meus olhos insistiam em ver a escuridão infinita. Mas quando finalmente adormeci, sonhei com uma cavalgada, o som dos cascos dos animais, tão conhecido aos meus ouvidos. E meu pai dizendo: "Vamos ouvir o trote dos cavalos." Sonhei também que naquela nova casa onde eu agora morava nunca mais poderia desejar tocar as nuvens, lá no encontro da montanha com o céu. Por mais que minha mãe dissesse que era apenas impressão, que a montanha e o céu nunca se encontravam, eu não acreditava. No embaralhamento do sonho, surgiu a fogueira de São João. O santo deu a mim o poder de escolher o que eu gostaria de ver queimado para sempre. Olhando as chamas grandes, disse que queria queimar a decisão de terem me mandado embora. Antes da resposta de São João, ouvi uma voz áspera e estridente aos pés da cama avisando "é hora de acordar". Por um momento, não sabia onde eu estava. Mas, em segundos, vi minha tia Joselia, já saindo do quarto como um raio. Senti pavor, e levantei-me rapidamente. Coloquei um vestido branco de bolinhas pretas e parti num passo meio retraído e inseguro. "O que você tem na mão?", perguntou. Era um par de brincos, que eu usava todos os dias. Pedi a ela que os abotoasse nas minhas orelhas. "Volta e guarda isso, Maria Clara" — para os outros eu era a Clarinha.

5.

Partimos para encomendar o uniforme da escola: minha saia deveria ter o comprimento exatamente em cima dos joelhos; a de minha prima — tia Jô fez questão de dizer à costureira — queria bem curta. Naquela noite, lembrei da cantiga de ninar que minha mãe vivia a repetir: "Dorme, neném, sonha contente, tu és um anjinho tão inocente. Se voltar um dia ao tempo de criancinha, será embalado no colo da mamãezinha." No colo da mamãezinha? Agora, eu estava sem anjinho por perto e embalada pela pior das essências: o xixi que minha prima, com quem eu dividia o quarto, fazia na cama. Xixi sobre xixi, sobre xixi. A mãe, muitas vezes, para castigá-la, proibia a troca de lençóis. Eu sentia medo dos vivos e dos mortos, embaixo daquele cobertor pesado, mas ficar descoberta jamais. Me assombrava. Cobria-me dos pés à cabeça, mal podendo respirar. Quando percebia os primeiros raios do dia, sentia uma alegria, que tentava não demonstrar. O bafo irrespirável, pela proximidade das nossas camas no quarto pequeno, era meu despertador. Minha prima devia sofrer também, mas não pensava em penalidades futuras. Passei a pensar em fugir de volta pra roça. Que destino eu teria? Nem via mais as minhas bonecas (cada uma delas tinha personalidade criada por mim), agora trancadas em malas: "Você já não é tão pequena pra viver com bonequinhas pra lá e pra cá." Sentia saudades da vaidade de uma, da ousadia de outra, da inteligência de todas. Se pudesse vê-las e conversar, poderia aliviar-me da revolta, até porque as respostas que elas davam aos meus dramas eram exatamente as que eu queria ouvir. Pensava nas lindas bonecas sob a escuridão, presas ali, e talvez com o mesmo medo e calor que eu. Lembrei das meninas, filhas dos vaqueiros, que tinham bonecas de pano. "Brinquedos humildes, mas muito valorizados", frisava minha mãe. Calada, chorava escondido, respirava urina dormida sem a certeza de que um dia poderia ser diferente.

Durante muito tempo, minha tia, ao olhar-me logo de manhã, encomendava os pães frescos, não para mim, mas a mim. Certo dia, a caminho da padaria, uma moeda escapou da minha mão, rolando rua abaixo. Quando percebi que poderia cair num bueiro — o que seria de mim? — dei um grito. A moeda atravessou e parou do outro lado. Sentei-me na ponta de uma calçada e tremi, sem acreditar no que tinha acontecido. Dessa vez estava salva. Então comecei a ouvir uma música meio perto, meio longe, alguém estudando piano. Ouvi, ouvi por alguns minutos. O vento levava e trazia a melodia. Não sei descrever a beleza nem o que senti. E por um instante imaginei existir um outro mundo, diferente do que eu conhecia. Muito tempo depois eu soube que era o *Concerto para piano e orquestra nº 5*, de Beethoven. Mas quem naquela cidade tocaria tão bonito? Fiquei um tempo parada, pensativa, vaga, como se fosse ter algum sinal do horizonte. Sonhava com tudo, loucuras pequenas e grandes. Que vontade eu tinha de embarcar no ônibus de bancos vermelhos que parava sempre na pracinha e ir viver em outro lugar. Um dia, ao vê-lo estacionado, entrei e sentei-me. O motorista quis saber quem era minha família. Saí correndo. Até aquele dia, a noção que eu tinha do mundo era: ora do infortúnio, pelo meu cotidiano, ora não, pela imaginação. Lembro bem que costumava perguntar ao meu pai de quem era o sol e as estrelas, e ele dizia que eram meus. Eu pensava que também a lua poderia ser, bem como todo o céu. Ganhei esse patrimônio, o maior de todos. O mar, que eu nunca tinha visto, seria meu amor eterno. Minha tia não sabia desses meus segredos, mas me ouviu contar a uma colega da escola e desmentiu com tanto vigor que fiquei desorientada: as estrelas, a lua, o céu não eram meus? Ah, ela que ficasse sem saber. De tempos em tempos, ouço essa melodia de novo, sempre em momentos inesperados. É sempre um aviso de que as mudanças estão chegando à minha vida. Mas, naquele dia, ainda muito pequena, apanharia pela perda da moeda? Talvez não, mas certamente seria ameaçada com gritos altos vindos do pescoço longo de veias saltadas, meio azuladas pela brancura da pele. Poderia gritar o quanto quisesse, ninguém ouviria, o quintal da casa era grande e por todos os lados os pés de mangueira abafavam o som. Mas isso não aliviava o medo. Como aquele que senti quando fui flagrada, numa das ausências de minha tia, me servindo de doce de coco das lindas compoteiras de cristal que ela colecionava. Levei tal susto, que a colher caiu, sujando o tapete. Eu, perturbada com o seu olhar, e ela, indignada com a minha ousadia. Resolvi pegar uma toalha, molhar e me abaixar para limpar. De quatro, no chão, olhei pra cima e minha tia olhava pra mim (até aquele momento nem tinha saído do lugar). Nos olhamos profundamente. Era tão claro que não nos amávamos, mas disso nunca falávamos. Era preciso conviver com o receio e o pavor, e tratar de controlar os sentimentos. Eu tinha medo de sorrir perto dela, como fazia na escola. Olhava ao redor para não ser flagrada. Certa vez, ela avisou: "Adivinho pensamentos de crianças." Foi o meu desespero. Desde então, na dúvida, passei a prestar atenção: tentava pensar também alguma coisa boa sobre ela, como o brilho dos seus olhos negros, e sobrepunha um pensamento ao outro, como valorizar um lado da sua vida: não se preocupava em agradar a ninguém (a opinião alheia não valia nada pra ela).

Nos nossos mais de cinco anos juntas, antes de ir morar na casa de outra tia numa cidade maior, eu reparava que seus olhares eram sempre curtos e pensava: por que ela não encarava ninguém por muito tempo? Apesar de olhar no olho, era sempre rapidamente, sem tempo da troca. Algumas pessoas da família diziam que sua mania de andar de costas era para jamais dar a oportunidade de ser julgada. Por tudo, minha tia, que sempre dizia não suportar aqueles homens grosseiros do mundo rural, que pensavam que terra seca era dignidade, sempre esclarecia: "Sou uma mulher sozinha, criando três filhos." Um dos meus tios afirmava que ninguém se submeteria a ela, apesar do rosto perfeito e do corpo bonito. Enquanto ouvia Julio Iglesias a todo volume, com músicas de amor, dizia ao marceneiro: "Essa palmatória é grande demais para a mão dela." Entendi a razão de certa ocasião uma vizinha de fazenda dizer que ela era uma pessoa de muitos contrastes, que só foi mãe para ter em quem mandar. Nela, que usava o sofrimento como mérito, revolta e amargura nunca se separavam.

6.

Quando pensava naquele objeto tocando o fundo do meu útero morno e dali desagarrando, desacolhendo, talvez, alguma possibilidade; os ruídos (que ganhavam uma voz tão alta) não saíam da minha cabeça. Não existia amparo que funcionasse naquela situação! Ele, o também "dono da gravidez", sem piedade, estava com o poder nas mãos daquilo que era meu; eu estava com a angústia, que devia ser dele também. O que mais me perturbava era saber que eu não mandava no meu corpo. Não sabia o que significava mais, o aborto em si ou a ausência de comando sobre mim. Não tinha autoridade dos meus sentimentos. O que eu queria ou não queria não alterava o rumo das coisas, mesmo que a infelicidade fosse maior no final. Me sentia degradada e suspirava pensando na má sorte de ser fraca, no receio dos resultados presentes e futuros e passados. Como suportaria? Eu não tinha cumplicidade com nada, ao mesmo tempo não deixava de ser cúmplice de tudo. As coisas passavam pelo meu pensamento como reflexos pipocando. A impotência, que eu não tinha como atenuar, criava um elo com a minha fraqueza. Cadê minha força? Não existia? Não tinha voz? Por um tempo achava que a terra vivia a perguntar-me se era verdade: como alguém não decidia sobre sua própria barriga?

7.

A distância de minha mãe, Maria Rosa, me fazia pensar muito nela. A primeira e frequente lembrança continuava misteriosa pra mim: alguns dias, minha mãe ficava de bochechas vermelhas. Lembrei-me também que nesses dias ela mudava: menos sorridente, falava pouco, dava presentes a toda gente (parecia querer a sua cumplicidade) e, às vezes, até chorava. Eu chorava também, mas não sabia direito por quê, só tinha certeza que minha mãe de verdade era a de bochechas claras. Apesar de brigar muito mais comigo, era a ela que eu amava. A outra, com o rosto tão rosado, fazia muito mais as coisas que eu queria. Apesar disso, não era a minha preferida — parecia uma mulher diferente. Notava que quando ela ia dormir de bochechas vermelhas, acordava meio triste e sem graça no dia seguinte. Ela sempre amanhecia muito mais feliz quando suas bochechas estavam brancas. E, curioso, descobri que a cor das bochechas interferia no comportamento de meu pai. Eu sabia que, ao chegar e vê-la, ele mudava: fechava a cara. E sempre parecia que sofria um baque. Por que essa gente grande não se acostuma com o que pode acontecer?, pensava. Se ele já sabia que em alguns dias suas bochechas ficariam vermelhas, por que se surpreender? Não conseguia ler no seu semblante se era tristeza ou se era revolta. Mas ficava claro que ele não gostava. Não era simplesmente não gostar, ele sofria. E o humor dependia da cor das bochechas dela. Um dia, vi seus olhos vermelhos combinando com a cor das bochechas rosa-choque de minha mãe. Eu sabia que ele não era homem de chorar, por que ficava com os olhos assim? Adulto é muito complicado, imaginei! Descobri que isso acontecia quando ela bebia aquelas coisas diferentes das garrafas que não eram de água, e tinham um cheiro forte. Uma vez, escondida, cheirei aquilo. Numa data qualquer, resolvi então pintar as minhas bochechas para entender aquele mistério: pintei com tomate, mercurocromo e esmalte de unha, mas, ao contrário deles, achei tudo muito engraçado. Minha mãe reclamou comigo, mas nem me importei muito — logo percebi que naquele dia o colorido das suas bochechas não parecia muito definido, pelo menos não estavam tão rubras. Fingi que estavam bem branquinhas e fiquei bastante alegre.

8.

Na escola, eu achava que ia desmaiar toda vez que minha colega Marita, que era vizinha à casa de minha tia e sabia tudo de mim, me ameaçava fazendo gesto com o polegar, insinuando gente que bebe. Eu olhava pro chão, pra fingir que não era comigo. Quando ela falava: "Quero contar uma história da Clarinha", hora fatal pra mim, eu saía correndo pro banheiro, desesperada. Mas quase sempre era apenas ameaça — só pra falar coisas como que eu não sabia nada de História, que colava tudo da sua prova. Me atormentava a chegada da hora do recreio, também por não querer ficar só. Todos eram seus amigos, e eu, correndo dela, corria de todo mundo. Era a solidão sem ser na hora que a gente quer. Eu queria uma companhia por pior que fosse, mesmo aquelas que ninguém desejava. Mas não sobrava, a Marita era amiga de todas as classes. Peguei também pavor de ser notada, achando que podiam perceber o que eu estava sentindo. Eu era "filha de uma mulher que bebe", como já tinha ouvido da professora de Inglês. Me deitava numa parte alta do gramado, disfarçando que ficar sozinha era por gosto. E minha angústia crescia. Todo dia. Quando a Marita queria meus lápis de cera ou minha maria-chiquinha do Mickey (que só eu tinha, comprada de um mascate, trazida de São Paulo), eu dava; se ela queria meu lanche, eu dava; se queria minhas jujubas verdes, as preferidas, eu dava; se queria cola na prova de Português, eu dava. Eu não ligava de ser chamada de varapau, escada de poste, pé de macho (grande para a minha idade), perna de palhaço ou bunda de tábua, só tinha pavor era quando ela virava o polegar na boca. Um dia avisei: se você continuar falando de minha mãe, eu vou morrer e a culpa vai ser sua. E ela: "É mentira, meu pai fala que quem vai se matar fica quieto." E gritou: "Não me engana, não me engana." Numa volta das férias, achei que tivesse arrumado uma saída para alguém que vivia na igreja, como ela e sua família, e avisei: quem faz isso que você faz vai pro inferno quando morre. Vai direto para a escuridão que nunca acaba (ela tinha medo de escuro). Nessa hora apareceram as asinhas em seu nariz, como acontecia quando ela estava com medo. Vi o desespero em seu rosto. Achei que tudo mudaria a partir daquele instante; meu segredo, que eu tentava guardar até de mim, poderia estar seguro. Aí aumentei sua pena: lá você vai pra sala do fogo, e o capeta vai te espetar com o tridente. Ela chorou e disse que ia pedir perdão, não a mim, mas a Deus, quando morresse. Avisei que aí não ia adiantar mais, tinha que ser na terra mesmo. Falei logo: e quando a colega não ajuda a amiga na prova de Matemática, vai pro inferno também. Quando ela pediu meu caderno de desenho mais bonito, não dei. Ela quis saber: "Pra que você quer? Sua tia falou que você não sabe desenhar nem um O com o copo." Ela estava certa. Meu sonho era desenhar, mas quando alguém abria o caderno eu sentia uma vergonha danada. Um dia, em casa, minha tia falou alto: "O que é isso? Seu pai vive jogando dinheiro fora com aquarela, pincel, lápis de cor, pra quê?" No dia seguinte pedi à professora um cadeado para o meu caderno, ela sorriu e falou que pra isso não tinha jeito. Quando fui pra roça levei, joguei querosene e acendi o fósforo. Só ficou o arame. Mas eu não daria a Marita mais nada que não quisesse. Quando tocou a campainha, já sabia que dali pra frente minha vida poderia mudar. E confirmei no recreio: na hora do baleado, onde ela não tinha rival, era a melhor, eu também não tinha rival, era a pior (só jogava bola fraca e não pegava bola forte, nem nunca acertava ninguém), sempre na reserva sem ser enxergada. Não acreditei quando Marita, com seu cabelo-de-promessa em trança, me escolheu, talvez colocando em risco a sua equipe. Num momento do jogo, quando ela ficou perto de mim, falei agradecida: "A lua vai ajudar você", sabia dos poderes da lua de que a minha mãe falava. Na lua nova, a preferida dela, ensinava que o mês todo dependia daquele primeiro dia da lua de unha, ótimo para começar qualquer coisa. Quando acabou o jogo, ela falou: "Sua mãe pode até cair no chão que eu não vou mais falar nada." Cruzou os dedos e beijou, jurando. Na hora do recreio comprei um pão doce pra ela. Olhou e disse: "Que merdinha!", mas comeu. Nem me importava com o que ela falasse naquele dia tão feliz.

9.

Na sala da cirurgia, o clima é o pior do mundo. Aquela equipe trabalhava se sentindo culpada. Com medo. É como se fosse toda formada por réus com a grávida a julgá-los; é como se a grávida também fosse ré, com a equipe a julgá-la. Nesse vaivém, todos se vendo na clandestinidade, tanto quem aborta quanto quem executa: estava nos olhares, apesar da impressão que eu tinha de serem instruídos a evitar esse contato. Melhor não demonstrar sentimentos, mesmo os silenciosos. Poderia ser diferente, aquele momento tão difícil, o pior na vida de uma mulher, exatamente numa hora dessas — quando ela é contagiada pela sensação do médico, do anestesista, da enfermeira, do instrumentista e de todos que estão ali, parecem com medo. Aborto no mercado paralelo.

10.

Minha maior alegria era quando meu pai chegava. Passear pelas ruas com ele, quando muitos chamavam "Seu Romualdo, Seu Rom", falava com todo mundo; parava, cumprimentava as pessoas, se queixava do custo de vida e, por verdade ou por hábito, comentava o preço do gado, da produção de leite, da crueldade da febre aftosa. Parávamos na farmácia, na padaria, nos armazéns. Sabíamos quem vendera bem a safra de novilhos, gado de engorda, fazendas. Todo mundo sabia da vida de todo mundo. Na igreja nunca parávamos. Um dia, quis saber: pai, por que o senhor não tem uma Bíblia e não vai rezar como tantos outros fazem? E ele: "Seu pai não tem tempo. Prefere rezar com atitudes." Foi a primeira vez que ouvi a palavra atitude, mas entendi o que ele quis dizer.

Várias pessoas pediam emprego ao meu pai, que sempre alegava que pouquíssimos teriam habilidade para lidar com os animais. Vaqueiros bons, o que todos queriam numa região onde o negócio principal era a pecuária. Fazendeiro de todo tamanho vendia o leite para uma grande empresa, com fábrica instalada nas pequenas cidades. Um vizinho de terra falava: "Meu primeiro amor é o leite, que traz lucro e sustento, depois vem minha mulher." Os caminhões passavam toda manhã para recolher os baldes cheios. Não raro, falava-se quantos litros determinados fazendeiros produziam por dia. Alguns, donos de poucas reses, não produziam quase nada. Meu pai sempre comentava: "Fulano conseguiu formar os filhos com algumas vaquinhas." Os grandes produtores viviam também da venda do gado, quase sempre duas safras por ano. Tinha quem chamasse o leite de ouro líquido. Minha avó paterna, Alexandrina, a vó Xandu, achava o contrário: "Quase todo produtor de leite é pobre, rico nem pensa nisso, acaba deixando pra lá." Vender uma bezerrada antes que virassem garrotes, só muito contrariado, em tempo de crise. Um orgulho que eu tinha era quando chamavam meu pai para resolver algum problema sério, como o parto de uma vaca — era um veterinário pela prática e pela intuição, sem jamais ter botado os pés numa faculdade.

Sobre dinheiro, para minha mãe existiam fases de penúria financeira: ela pedia, meu pai negava, como se assim conseguisse evitar sua bebida. Atormentada, ela chegava a vender coisas pessoais, dentro da própria família, enquanto irradiava revolta. Quando falava desse assunto, mudava até o semblante. "Na ética da sobrevivência, vale tudo", dizia sua comadre, solidária. Minha mãe vivia sem encantamento. Meu pai, por sua vez, jamais se esquecia de apresentar a conta. Viver e trabalhar para os filhos era como se fosse um investimento, com certeza de retorno no futuro. Dava sempre a metade do que pedíamos (até descobrirmos e dobrarmos o valor). Dinheiro na mão nem era tão necessário, já que, quando comprávamos alguma coisa, dizíamos apenas: "Bota na conta de meu pai." Apesar de uma certa liberdade, o dinheiro tinha um custo emocional alto pra nós. Meu pai deixava claro que a vida dele não era fácil. "Sabe quantas cabeças de gado gastei com você este ano?" Até que, certo dia, eu quis saber o que valia mais pra ele: gado ou gente? Minha mãe, rindo, disse: "Oxente, qual a dúvida? Claro que é o gado." Meu pai, com um ar indefinido, sorriu, negou e, balançando a cabeça, acrescentou: "Depende do tipo de gente e da raça do gado."

11.

Minha mãe era querida por todos na região; os mendigos (uns poucos que existiam) a adoravam. Jesuíno, o doido oficial da cidade, sempre de dentes à mostra, com seu sorriso estranho e escuro, depois de elogiá-la, perguntava: "Vai me dar um dinheirinho?" A miséria que cercava sua vida parecia brigar com a postura muito ereta, ombros bem colocados sob o pescoço longo. Minha mãe sempre dava alguma coisa, não se sabe se por pena, por generosidade, ou por gratidão pelo elogio. Se existisse à venda, era capaz de comprar um "está bonita hoje, hein?", viesse da falsidade das cunhadas, do padeiro, do boiadeiro, do bancário. Na verdade sempre foi conhecida pelo bom coração. Pra ela isso não era apenas um capítulo da Bíblia. Eu, muitas vezes em sua companhia, tinha medo daquele homem de roupas feias e malcheirosas.

Ninguém nem olhava para o esfarrapado, menos ainda conseguia entender como ela não sentia medo. Todas as crianças, como eu, sentiam! Mas minha mãe sempre tratava o que para muitos era banal como importante. Insinuava que o mendigo deveria estar naquela vida miserável a pagar contas de outras encarnações. Jesuíno vivia num cubículo escuro de uma rua de casas boas e caras, como posseiro. Um dia, olhei de fora pra dentro e estremeci com a escuridão. Nem o sol forte deixava passar uma fresta de luz. Apesar do temor do que poderia sair lá de dentro, todos os passantes davam uma olhadinha. Ali não tinha cama nem um banquinho sequer, só o breu e a ausência de tudo. Por que Jesuíno teria escolhido a escuridão? Certa vez, mesmo antes que ele repetisse os elogios e pedisse qualquer coisa, minha mãe abriu a bolsa com suas mãos de dedos longos e unhas curtas sem esmalte, como meu pai preferia, e deu dinheiro. Comentei que ele não pedira nada. Ela me olhou e explicou que não precisava deixá-lo falar de sua fome e se humilhar, poderia poupá-lo disso: "Não pediu com palavras, mas estava subentendido." O mundo do subentendido era vasto pra ela. Naquele dia aprendi a diferença entre esperar pedir e oferecer.

12.

Eu ia do aborto à infância, da infância ao aborto. Adormeci, muito superficial, tive pesadelos com almas penadas murmurando frases, falando comigo. Quando acordei, nos primeiros segundos, ainda voltando a mim, sabia que alguma coisa importante tinha acontecido; olhei entre as pernas e vi o absorvente com um pouco de sangue, o cheiro também era forte, lembrava o que senti na sala do médico. Esse cheiro não me largaria? O dia estava clareando, misturando sua luz à do abajur, que deixei bem fraquinha. Daí em diante acordaria sempre com esse pensamento?

O que minha avó Xandu pensaria do que estava acontecendo comigo?

13.

Minha avó era nossa vizinha de fazenda, uma mulher que cortava os próprios cabelos com as mesmas tesouras com que tosavam os cavalos. Ela não tinha medo de nada, fosse no claro, fosse no escuro, e falava o que pensava em qualquer situação. Confundia sua autoridade com coragem, confundia sua coragem com autoridade — ambas sobravam nela, na medida em que não era mulher de se envergonhar de nada, nem de suas falhas. E não gostava de pendências. Sem medo de ameaças, resolvia o que tinha que resolver. Conhecendo os ânimos exaltados dos filhos, ainda jovem viúva dividiu as terras entre eles. Assim, ninguém precisaria ficar perto dela se não quisesse. Se tivesse que doar qualquer coisa a alguém, agia rápido. O que contava era sua visão dos fatos, o que ela vislumbrava dos acontecimentos era a versão que tinha valor. "Cada um é responsável pela interpretação que dá aos seus problemas", dizia, e achava-se capaz de, em apenas um contato com alguém, poder traçar o seu perfil, quase sempre justo quanto às qualidades que percebia. O que primeiro lhe chamava a atenção era o espírito do "analisado"; depois o avaliava também pela magreza, se a pessoa seria capaz de "simplificar as coisas da vida" — considerava o mundo dos magros muito mais fácil. Não era mulher de muita cultura, mas meu pai falava que, se pudesse, enquadraria sua postura, grudar na parede, para as próximas gerações. Jamais se sentia desprevenida diante do que o mundo lhe apresentasse, nunca perdia a cabeça, nenhum acontecimento seria suficientemente trágico a ponto de abatê-la ou causar-lhe estupor — não ali no seu território, composto por família e poucos amigos. Durante uma fase da vida, eu fazia tudo para agradá-la, até visitas diárias a sua casa durante as férias. O prazer seria ouvi-la contar depois às pessoas que eu, todos os dias, "faça chuva ou faça sol", dava uma passada na sua fazenda. Vê-la elogiar o meu gesto trazia-me alguma emoção, não pelo elogio em si, mas por perceber a sua verdadeira habilidade pra isso. Fosse com quem fosse, sabia fazê-lo como ninguém: elogiava com a boca, com o olhar, com o espírito.

A primeira admiração que senti pelo meu pai talvez tenha vindo dela, quando soube que ele, ainda garoto, tinha plantado as árvores frutíferas que rodeavam parte da casa da sua fazenda. Ela contava aquilo dando uma importância tão grande ao fato, que eu passei tempos acreditando que o sabor da manga-rosa era uma invenção de meu pai, como o gosto da água de coco, o cheiro do abacaxi, da melancia, do cajá. Só mais tarde minha avó me ensinou que a terra era a principal responsável, e que a natureza era mais poderosa do que toda a humanidade junta: "Mas se não fosse o seu pai, essas árvores não estariam aí hoje." E frisava que a contribuição do filho predileto era bem maior do que a que estava à vista, deixando claro que saber lidar com a terra e conquistá-la não era tão simples quanto parecia para gerar frutos tão perfeitos e duradouros — nisso existia um mistério. Talvez nesses momentos estivesse falando também de si, já que mantinha com a terra grande intimidade. Não existia jardim como o seu. Em contraste com sua personalidade fechada e seu sorriso contido, cultivava as flores com amor verdadeiro. O vermelho, o amarelo, o branco de suas rosas, tão aveludadas, a gente não esquece.

Às vezes, ficava muito tempo em silêncio como se estivesse sozinha, olhava sempre direto e seu olhar não era difícil de traduzir, transmitia afeto ou desafeto sem nenhuma palavra, muitas vezes misturado na passagem de um momento. E não tolerava mulheres fracas ou desocupadas. Costumava frisar: "Eu montava a cavalo até o nono mês de gravidez."

Jamais deveria existir alguém com tanta audácia, sem condescendência com quem não gostava dela. Seu mundo era dividido em duas categorias: a parte que a valorizava e a parte que a ignorava. Minha mãe pertencia às duas. Dependendo da época, estava mais para a segunda. Descobri desde cedo que ninguém consegue ignorar totalmente alguém que o incomoda. E quando minha avó falava mal dos outros, jamais esquecia de esclarecer — aquilo era pra demonstrar o que não deveria ser feito. Enquanto minha mãe considerava essa sua maior habilidade na vida. Um dia, ao me despedir dela para o aniversário de 7 anos de uma prima que vivia longe, chorei. Ela segurou meu queixo, suspendeu meu rosto, olhou no meu olho, mandou que eu me controlasse e esclareceu: "Saudade não viaja bem."

14.

Naquele instante, com o aborto ali comigo, eu estava comovida pelo meu gesto, ao mesmo tempo que lembrava com fidelidade os ensinamentos de minha avó para uma camponesa que, grávida, não queria ter aquele filho. Dizia que ela não era obrigada a levar em frente uma gestação sem querer; que tinha o direito de escolher; que nenhuma mulher no mundo merecia ter um filho contra a vontade. Falando que era uma decisão íntima e que homem não pode decidir isso porque "não é ele que engravida". Um dia, uma delas contou que tomara "veneno" — era como chamavam as plantas abortivas —, mas nada acontecera. Minha avó ensinou que tomasse chá de boldo, de orégano, de canela com cachaça: "Pode tomar, vai limpar o útero e, se tiver com menos de dois meses, a menstruação vai descer." A mulher, ainda tão jovem, chorava enquanto contava que sua mãe dizia ser pecado, contra a lei da igreja. Ao que minha avó concluiu: "Em lugares adiantados ninguém tem filho se não pode ou se não deseja." A grávida perguntou: "Isso não é imaginação da senhora?" Sem resposta, minha avó seguiu: "Se você chora pela igreja, depois você comunga e o padre fala que tá perdoada." Ao que a mulher respondeu: "Deus livre e guarde a senhora, que mora na roça com cabeça de cidade grande." Minha avó encerrou afirmando: "Você é valente para o trabalho, não deixa esse homem lhe comandar assim. E só se deita com ele quando quiser." Em contraste com esse discurso, que nunca esqueci, me sentia julgada por mim mesma, mais do que aquela camponesa. A principal diferença entre nós era que eu era imatura e fraca.

15.

Numa das poucas vezes em que minha mãe foi à fazenda de minha vó Xandu, sobre a mesa estava posta uma toalha branca de fustão, bordada de flores entremeadas por palavras nobres: solidariedade, amor, amizade, alegria, bondade. Logo à saída, minha mãe disse: "Naquela toalha só faltou uma palavra: falsidade." Quando eu quis saber de minha avó por que faltava à toalha a palavra falsidade, ela esclareceu: "Porque não foi sua mãe quem bordou." Daí em diante, eu ficava atenta às toalhas de qualquer lugar que fosse. Até na nossa casa, eu investigava as mesas. Para meu alívio, eram brancas, sem palavras. A brancura permanecia.

A presença de minha avó sempre foi forte, e seu comportamento nos afetava a todos. Talvez por isso eu achasse que minha mãe, em momentos de silêncio, pensava nela, nos problemas e nas desalianças vindas dela. "Ah, se eu pudesse partir pra esse mundão", minha mãe dizia de vez em quando. Então eu perguntava do que ela estava se lembrando: "Dos meus sonhos; vou pensar no quê, aqui no meio do mato, em boi e criança berrando?" Olhava fotos antigas e via como era seu corpo antes da gravidez anterior e imaginava como ficaria depois da próxima, que certamente viria, alheia à sua vontade. Poucas na região tomavam anticoncepcional.

Meu pai: "Troco esse chapéu pelo seu pensamento."
Minha mãe: "Com tanto apego aos chapéus?"
"Troco por uma boiada."
"Cheiro de capim pra você é essência, pra mim é veneno."
"E a boniteza da imensidão do horizonte não lhe atinge?"
O diálogo era sempre inútil.

Quando minha avó criticava a humanidade ninguém a contradizia. Seria ela boa por ser uma grande mãe? Ruim por ser uma sogra fria? Boa por amar as flores? Ruim porque todos a temiam? Lembro de meu pai falar da sua preocupação com a seca. "A seca tá acabando com tudo, hoje mesmo vi algumas ossadas na estrada." E minha mãe, cansada dos insultos silenciosos que sabia ler nos gestos, olhares, sinais, insinuações de minha avó, não resistiu: "Tanta gente ruim pra morrer e quem morre é o gado." O amor e o desamor entre elas circulavam na nossa vida diariamente, o que não comprometia a adoração de meu pai pela sua mãe: "Podemos perdoar seus defeitos, pequenos; se comparados à sua lealdade e amizade, essas sim, grandes." Minha mãe quase sempre retrucava: "Amizade e lealdade com filho não é virtude, é obrigação." Um amigo da família, fazendeiro da região, certa vez assim definiu minha avó: "Dona de olhar que pode parecer desde o de uma cobra antes do bote até o de uma freira antes da caridade." E meu pai: "É uma mulher que não usa um batom, não usa uma joia, não usa um vestido caro, tudo por gosto." Minha mãe rebatia: "É a mulher do não." Assim, a intimidade entre nora e sogra nunca se concretizou. As fases de amizade entre elas eram emaranhadas por pequenos desentendimentos, que ambas dramatizavam, às vezes de forma cruel. Tudo era possível de acontecer, menos carinho. Quando chegava uma picanha, uma pá de carneiro, doces da estação, enviados por minha avó, minha mãe brincava: "Isso deve tá envenenado."

16.

Tudo na minha avó me fazia lembrar sua mãe, minha bisavó, Carolina, que mesmo doente continuava no comando. Todos a consultavam sobre venda de gado, de terras ou contratempos da família. Era capaz de desfazer qualquer negócio ao dizer: "Não acho bom." Um dos seus filhos, meu tio-avô, vendeu uma fazenda herdada, acabou com o dinheiro em pouco tempo. Ela comprou, devolveu a ele e avisou: "Se vender de novo, vai ser deserdado." O que ela sentia ao decidir a vida das pessoas daquela maneira? Não precisava sentir nada, minha mãe explicava: "Todo mundo respeita a dona do dinheiro." A bisa, com o cabelo sempre preso em coque, jamais alterava a voz. Quando lá chegávamos, me mandava sentar à sua cama, muito alta. Alguém me pegava nos braços e colocava ao seu lado. No dia em que falei não precisa, interpretou à sua maneira e falou com a cuidadora que tomava conta dela: "Pode sentar a menina aqui, minha doença é a velhice e essa não é contagiosa." Eu não sabia o que era isso, eu a temia, mas queria que pensasse que em mim não mandava. Nunca disse. Um dia, depois de oferecer suco com bolo, tapioca com goiabada, queijo com café e eu dizer, não, não e não, ela falou: "Personalidade você tem, só espero que estude para jamais precisar viver na aba de ninguém." E respondi: Nem do chapéu de meu pai? Era a única aba que eu conhecia. Minha mãe explicou baixinho à cuidadora: "Viver na aba é como eu vivo." Num outro dia, pedi para ficar ao seu lado; minha bisa já pouco falava. Subi no banquinho, sentei-me na cama e nos olhamos profundamente. Ela não falou nada, nem eu. Então ela chorou, sem som. Escorreram lágrimas fartas de ambos os olhos — dos dela e dos meus. Eu e minha bisavó víamos uma na outra aquilo que não queríamos: ao olhar pra mim, ela via diante de si a vida começando. Ao olhar pra ela, eu via o que não conhecia, a vida acabando. Ficamos em silêncio, eu, reparando naquele olhar, que nunca vou esquecer.

Na nossa próxima visita, dias depois, a primeira frase dela foi: "Minhas ideias parecem estar me escapando, vão escapulindo de mim cada vez mais. É como se entrassem por aqui e saíssem por aqui", e apontou de um ouvido para o outro. "Precisaria segurar o que penso sobre as coisas, não consigo. Meu raciocínio não tem mais a ligeireza que sempre teve." Mesmo assim ela se esforçava para ter a clareza dos pensamentos que estava perdendo, e comparava isso a uma grande dor, diferente, mas parecida com o luto por uma pessoa amada. E pontuava muitos senões que os anos trouxeram. "O tempo está carregando minha lucidez." Mesmo assim, dizia que preferia viver massacrada pelas impossibilidades a ter que morrer. Tentava expressar suas opiniões, ainda que falhassem. Seus cílios longos, um certo frescor no olhar e uma sobra de exuberância na boca nunca desapareceram por completo. Meu pai dizia: "A senhora tem um ar de juventude que não acaba." Ela respondia: "Só nas suas intenções." Sabia-se muito bem que quando a bisa começava a falar, ninguém conseguia deixar de prestar atenção, apesar dos seus mais de 80 anos. Minha mãe afirmava: "A perda da memória pode ser a infelicidade dela, mas é a felicidade de muitos da família." A bisa passava horas mirando o teto branco como se fosse a mais linda paisagem, embora à sua frente existisse mesmo uma vista maravilhosa, com céu, palmeiras, flores. "Prefiro criar na cabeça o que quero ver, enquanto consigo, do que ter a mesma visão de sempre." Muitos evitavam seu olhar. Quando aqueles olhos capturavam uma pessoa, ai dela se fosse fraca. Não era fácil sustentar aquele par de olhos sem oscilações. Depois de perceber que dependeria de alguém para andar e comer, concluiu: "Um gênio já disse que a vida só deveria ir até onde fosse a dignidade."

Então, perto de sua morte (já no hospital), um dia implorou para ir à fazenda, pela última vez, com um olhar que não era o mesmo do passado. Os médicos não concordaram; os filhos, sim. Ali, nem um vislumbre do que tinha sido: uma mulher que tudo podia, agora, consumida por uma momentânea humildade forçada — o que nunca fizera parte da sua vida. Tirá-la da cama poderia ser arriscado. Respondeu com aquela voz de gente dopada que até poderia sofrer um pouco, mas a alegria que sentiria, mesmo sem poder demonstrar no rosto, seria maior. A viagem, que se tornou uma obsessão, foi organizada. Minha bisa ainda conseguia comer alguma coisa com as próprias mãos, mas com muito esforço. Depois, suspendia os olhos para todos aprovarem seu gesto vitorioso. Se fosse alguém a dizer: "Mais um caldinho, mais um pedacinho, abra a boquinha", respondia: "Eu tô morrendo, não me trata como se tivesse nascendo. Não sou criança pra ter boquinha." Não era uma voz terna, mas não tinha entonação agressiva, a proximidade da morte ou a debilidade física não alterara tanto seu jeito de ser, impondo suas opiniões. Ao partir, depois do café da manhã, a primeira coisa que comentou foi: "Quero ver aquilo a que nunca dei valor, mas que dou agora: o céu, o capim, os cavalos." E que precisava ficar entregue ao sol por um momento, "para não morrer incompleta". Pouco falava, sem fôlego. Imaginava, tentava falar e engolia as palavras, num tempo só, muitas vezes com gesto de engolir mesmo, sempre seguido por um olhar de vergonha pela impotência, como que dizendo: "Não adianta tentar ajudar." Demonstrava cansaço de tudo, até de si mesma.

17.

Alguns dias depois, minha bisavó morreu. Lembrei-me do dia anterior quando cheirei o lado do seu rosto; ela apenas virou os olhos sem se mexer, tentando me olhar; cheirei de novo demoradamente, ela chorou. Senti uma coisa qualquer nova pra mim, ela dizia não temer a morte, mas não queria deixar a vida. Naquela hora, sua cabeça, sempre orgulhosamente em pé, estava entregue ao travesseiro já sem luta. A mulher resistente, agora desabada, estava ali, imóvel e pálida. Pedi a minha mãe que me suspendesse e me deixasse tocar as mãos e o rosto dela. Meu coração bateu mais acelerado ao sentir que as mãos, antes sempre quentinhas, agora estavam como gelo. Quis abrir seus olhos, não fui atendida. Estaria o azul dos seus olhos desbotado? No passar dos dias, eu imaginava ao redor da caveira uma nuvem azul como o seu olhar, que ganharia nova vida em outro tempo.

18.

Chegou a notícia de que seu Zé Gamela teria pouco tempo de vida, e sofremos muito — adultos e crianças. Seu Zé era querido por todo mundo pelas histórias que contava — era o seu dom. Ele tinha várias entonações na voz, dependendo do personagem. "Essa que vou contar agora é daquela criatura ruim, mais 'véia' do que Roma" — ninguém sabia que Roma era aquela, até conhecíamos uma, mas que ainda era jovem, não importava; ou "Aquele com mais galho na cabeça do que um boi chifrudo" — e gargalhávamos. Eram tantos segredos de todos que conhecíamos: "Eu só não digo o nome", minha mãe respondia: "Não precisa." Quando ele chegava, ela sempre repetia: "O senhor hoje aqui foi baixado do céu, vou comprar as gamelas, a carga toda." Eram trazidas nos caçuás na sua dupla de jegues: um magro, outro gordo, carregado de gamelas de todo tamanho, acompanhando a mula que ele montava. Carregava também um alforje com livros, puxava um ao acaso, sempre desbeiçados, e resumia a história pra nós. O mais velho era de Machado de Assis, tinha colocado uma capa de plástico "para proteger essa preciosidade". Outros, de Jorge Amado e, ainda, *Vidas secas*, de Graciliano Ramos. Chorávamos com a história da cachorra Baleia, que sabíamos de cor. Ele chegava junto com Capitu, sua cachorrinha de pelo dourado, sempre contando que tinha tirado o nome dela do livro que mais adorava nesta vida: *Dom Casmurro*. O romance *Gabriela, cravo e canela*, sabia na ponta da língua, mas não era pra criança. Quando ia desembarcar a carga, falava do seu cuidado com o jegue maior: "Ele é muito amuado e pode dar coice", sempre o comparando com o prefeito da cidade.

Naquele dia, quando meu pai falou que iria vê-lo, pedi que me levasse, pensando em ouvir mais histórias. Seu Zé ia morrer logo e isso não era história. Quando chegamos à casa de parede de adobe e janelas gradeadas, depois de passarmos pela pequena cancela, fomos informados de que ele estava "ali no canto" descascando milho, e nos aproximamos da rede velha, que rangia de leve. Meu pai falou bem alto: "Sou eu, Zé Gamela, vim lhe dar um abraço." E brincou: "Você é Zé e é baiano, mas não é o Zé Baiano do bando de Lampião, que matou a mulher Lígia por causa de uma traição."

Ele sempre sorria quando meu pai repetia essa frase — era recorrente dos dois lados. Na voz de meu pai tinha esforço para disfarçar o que sabia. Seu Zé teria mudado de jeito ao tomar conhecimento da chegada da morte? Antes, falei com meu pai: "E se ele chorar?" "Homem daqui não chora." Já pele e osso, consumido por um câncer de fígado, mas sempre com a garrafa de Cinzano e o fumo de rolo por perto, a brilhantina tinindo no cabelo, e com jeito de certa sonolência, seu Zé deu uma olhada longa na cara de meu pai, deixou passar alguns segundos, espichou o pescoço e disse: "Chegue mais perto!" Olhou, olhou: "Virge Maria, mas você tá acabado, hein, rapaz?", até com certa compaixão. Não teve quem não sorrisse. Meu pai tão magro sempre, estava ainda mais com a morte da bisa; seu amor por ela era o maior do mundo! Na despedida, depois de falar frases de consolo ao luto do visitante, seu Zé disse: "Deu no repórter que essa doença não tem cura. Acho que em poucos dias vou pras profundezas, só peço a Deus que não seja do inferno." E refletiu: "A morte anunciada desde antes não é pouca coisa, não." Meu pai respondeu: "Não vamos bulir com isso. É um pormenor pro santo barbudo. E não dizem que o que fica é o bem que a gente fez na terra?", e lhe deu um abraço. Ele fechou os olhos um pouco, sentou-se de novo e veio um silêncio muito grande. Grande não pelo que durou, mas talvez pelo que todos ali pensavam e não diziam.

Meses depois, seu Zé Gamela morreu. Dormindo. Diziam ser a morte dos abençoados. Deixou para meu pai um punhal, de osso, feito por ele, para abrir envelopes. Minha mãe também foi lembrada: ganhou uma carta. Quando a abriu, estava escrita apenas uma frase: A magia da gargalhada.

19.

Minha primeira suspeita de gravidez surgira dias antes, num jantar na casa dos pais de meu namorado... E que casa bonita era aquela? Nem em filme eu lembrava de uma parecida. Logo à entrada, os seguranças, antes de sermos recepcionados com violino. Não, não era pra nós; nessa noite acontecia uma homenagem a um embaixador amigo da família. Eram tantas árvores que pensei imediatamente na fazenda. Ventava muito, não pude ouvir o barulhinho que estaria vindo das folhas dos coqueiros que eu conhecia muito bem, engolido pela música. Mesmo assim, julguei ser uma boa recepção vinda da natureza pra mim, que só eu, as palmeiras, as plantas e a brisa sabíamos. Fantasiei ser um bom sinal. O vento levantou minha saia, que já era curta, até o umbigo. Senti o sangue subir, mas não me desesperei nem por um segundo, mesmo me sabendo tímida, apesar de muitos olhares em cima de nós, vindos dos convidados que estavam no jardim. Tentei segurá-la, não consegui; segui como se nada acontecesse. Ao ser apresentada à embaixatriz, ela disse: "Que classe com a sainha na ventania, hein?"

Mulheres espetaculares passavam pra lá e pra cá. Lembrei-me de meu pai, sempre falando do poder que existia sob a terra — ali estava claro pra mim também o poder que existia sobre a terra; sim, eu sei, bem diferentes um do outro. Ao mostrar-me o primeiro andar interminável da casa (eram dois), surgiram, à nossa frente, duas mesas para quarenta convidados, cada qual em lugares marcados. Nesse momento aparece uma senhora baixinha, falante e aparentemente afetada, abraça o meu namorado e fala que era sempre ali que estava a melhor anfitriã, os melhores vinhos, a mais linda prataria inglesa e a mais maravilhosa louça Imari que ela conhecia (louça japonesa, eu não tinha ideia do que era), lembrando que a realização de minha sogra estava em receber em casa. Uma coisa, porém, chamou-me a atenção: um enfeite salteado por toda a mesa. Perguntei o que significavam aquelas peças; meu namorado falou que eram pinhas francesas de cristal, apenas decorativas. Ri e falei que a única pinha (fruta comum no Nordeste) que eu conhecia eram as que apareciam nos arranjos centrais da mesa, todos de flores e frutas naturais. Isso já mostrava a diferença do nosso gênero de vida. A senhora me abraçou e disse: "Oh, você foi criada em fazenda, que maravilhoso!" Eu não compreendia por quê. Fomos os três juntos à biblioteca. No caminho, ela mostrava Tarsila, Portinari, Ismael Nery (só algum tempo depois entendi a razão de seu deslumbramento, sempre a repetir "esse é soberbo"). E surgiu a arte popular: um dos trabalhos lembrou-me imediatamente as tramelas que existiam em alguns cômodos da nossa casa, bem grandes, feitas na roça, na ponta do canivete, por um marceneiro, apesar das trancas de ferro. Ali era arte. Vi também um velho baú destacado pela iluminação. Perguntei por quê. Na despensa da fazenda, tinha outros iguais àquele, e meu namorado explicou que sua mãe trouxe de Nova York por ter se apaixonado pela peça, descoberta por ela exposta numa vitrine do Bergdorf Goodman. Ele falou baixinho: "É um shopping bacana na Quinta Avenida."

Nisso, chega um senhor bem perfumado, e a convidada falante cochicha: "Esse é gente de dinheiro novo, toma ansiolítico às colheradas, principalmente quando constata que muita coisa não se pode comprar", antes de cumprimentá-lo de um jeito bem efusivo. Surge outro, aos meus olhos camponeses, elegante. E ela sempre falava de cada um: "Esse é o que há de mais chique — leva uma vida acima da burocracia que persegue os mortais."

Finalmente, aparece minha sogra e me abraça. Calculei que gostava dela mesmo antes de saber de sua existência, do jeito de falar, de olhar, de andar. "É possível duas crianças namorarem?", brincou. Perguntou meu sobrenome, e meu namorado falou que era só pra saber se eu era filha de algum conhecido. Não sei como! Notei ali um ar de submissão dele, tentando tirar qualquer gesto de aprovação da mãe sobre mim. Ela quis saber do filho sua opinião sobre o "babador". Babador? Era o colar de brilhantes que descia pelo seu pescoço. As pedras começavam grandes e iam diminuindo até encontrar o decote.

Eu não sabia se reparava mais as coisas ou as pessoas — como se sentavam, seguravam as taças, olhavam, sorriam; ou os lustres, quadros, tapetes. Imaginei: se ele fosse à fazenda comigo, ficaria mais impressionado com os bichos do que eu com aqueles convidados? A certa altura, senti um medo de tudo, até de descobrirem que eu chupava dedo quando criança, o que me deixou uma sutil diferença no rosto. A seguir, sem mais nem menos, surgia no meu espírito uma ou outra dor, dessas soltas que nos alcançam sem que a gente saiba direito de onde vêm. Ou seria uma ameaça que eu criava pra mim mesma? A minha habilidade para a culpa apresentou-se, como sempre, talvez por pensarem que eu era quem eu não era? Achava que talvez fosse por estar numa vida tão diferente da nossa no campo, como se estivesse sendo privilegiada perante os meus, enquanto os largava para trás. Ainda não sabia que o privilégio estava lá. Quando o garçom ofereceu champanhe, falei a uma nova amiga feita ali, adolescente também, que o cheiro me enjoou, e ela falou de brincadeira: "Ou você chegou bêbada, ou está grávida." Rimos. Fui ao banheiro. Vomitei.

20.

Depois da morte, alguém sempre fica a remoer as lembranças. Minha mãe contou que um dos meus tios-avôs era um homem rico; todos diziam, nunca dava um sorriso na vida, como se isso fosse um capital. De poucas palavras, fechado e temido. Não raro se comentava: "Pra quem vai deixar tanto dinheiro, se não dá nem um sorriso a ninguém?" Quando iam à casa de minha bisa, onde ele era o último filho a viver com ela, sentia medo e fascínio pelo que ela achava ter sido um gesto de coragem: sua história. Muito jovem, era frequentador eventual de um prostíbulo na cidadezinha do município onde "reinava". Saía à noite, misteriosamente, e voltava na madrugada sem ruídos. Estava afetado por algum fato, os rumores cresciam e ele ia se transformando, já falava mais e podia ser visto um ou outro sorriso. Passou até a ouvir música. As sumidas noturnas eram proporcionais à sua mudança de humor. Foi virando outro homem. Esse mistério seguiu por meses, até as bocas adultas começarem a falar que ele estava "embrenhado com uma puta". Virou a principal conversa da vida de todo mundo. Passou a sair com mais assiduidade. Os dias foram seguindo, ele se apaixonando, até que ela virou só dele e de mais ninguém. Às vezes saía para ir ao seu encontro e nem voltava para dormir em casa. Não demorou e isso se transformou numa rotina. Algum tempo depois comprou uma casa grande e bonita, instalou ali tudo de melhor, onde as visitas eram diárias. Não custou a cobri-la de joias "de fazer inveja a uma rainha", como falava uma das mulheres da família, que não tinha outro assunto. Mesmo sem conhecê-la, todas falavam sobre a moça, e não era bem. E boa parte não suportava a ideia de ter que conviver com "a cortesã".

Um dia chegaram na caminhonete dele para o aniversário da bisa: ele parou, deu a volta no carro, segurou sua mão para ajudá-la a saltar. Qual homem ali fazia isso? Dali desceu uma mulher não magra, muito loira, de salto alto, saia rodada, estampada e curta, muito jovem, com jeito fresco e rosto rosado como o de minha mãe. O vento passou e trouxe na frente o seu perfume doce. Os dois entraram na sala, lado a lado, e ele disse aos irmãos, cunhadas, sobrinhos: "Essa é Joanita, minha mulher, casei com ela no civil hoje de manhã." Tirando as crianças, os olhares eram matadores, medindo Joanita de cima a baixo ou parando na aliança na mão direita: "Só diamante grande", alguém notou. Um dos irmãos cochichou: "Um homem apaixonado é capaz de tudo... casou com separação de bens?" Outro comentou: "Quantos já passaram por esse corpo?" Foi notado desde o lado de fora da casa que a moça tinha pelo menos um gesto exatamente igual ao da agora sogra: braço muito esticado, mantendo sempre uma boa distância entre ela e o cumprimentado, mas com mais delicadeza — parecia timidez, no caso dela. Aquilo não passou despercebido à minha bisa, mas ela fez de conta que sim e nessa hora resmungou: "Ele traz essa mulher vulgar e ambiciosa aqui e avisa que está casado? Quer me matar!" Isso, antes da entrada de Joanita, quando a maioria fez silêncio. Só um dos seus irmãos, único de vários a ter estudado numa universidade, falou: "Foi procurar sexo e encontrou o amor", em tom de cochicho. Essas conversas eram discretas, mas, fosse o que fosse, ele parecia indiferente a qualquer reação, não estava nem ouvindo nada, só enxergava a mulher amada e todas as suas atenções eram pra ela. Meu tio que falou de amor lembrou ao pé do ouvido da bisa: "O casamento foi assinado, engole seu desgosto, mãe."

Com ou sem amargura, todos sentados à mesa grande, a moça derrubou um copo, cortando-lhe o dedo. Foi o suficiente pra minha mãe achar com suas crenças invisíveis que aquilo eram os desejos ocultos. "Ela está a salvo só do que podemos ver", comentou com meu pai. Nesse silêncio pesado, alguém perguntou: "Você é daqui da cidade mesmo?" A recém-casada, com seu olhar festivo e afetuoso, começou a falar: "Eu era daqui de perto, um dia vim na feira com minha mãe, tinha um povaréu em volta, não sei como uma mulher me viu, falou que eu era uma menina bonita e me ofereceu pra morar com ela. Ofereceu pagar minha escola. Eu quis, porque tinha vontade de estudar e cadê o dinheiro pra comprar os livros?" E continuou: "Fiz a trouxa e vim. Minha mãe falava que ela não tinha cara de confiança, mas eu precisava arriscar." Em tom de contadora de história, disse que quando chegou montada num burrico a lua já ia alta, foi deixada ali e veio ver a mãe mais de cinco anos depois, quando já tinha nascido peito e virado moça.

    A sinceridade trouxe junto alguma simpatia, as palavras pareciam de acordo com o que ela mostrava sentir. Joanita foi falando, falando, só se ouvia a voz dela. Nisso, a labradora Chica entrou, cheirou a recém-casada e deitou-se aos seus pés. O gesto significou.

    Era como se a presença de Joanita trouxesse de início curiosidade e pesar e aos poucos se transformasse em surpresa e prazer. Quanto a ele, talvez por perceber que o desejo de todos em ouvi-la era enorme, e, quem sabe, podia falar além da conta, com jeito ingênuo disse quase dando ordem: "Vamos embora", deixando pra trás a família a imaginar seus pensamentos.

    Com o tempo, ficou visível que entre os muitos irmãos, bem-casados com moças discretas, parecia ser o mais feliz. Todos sempre falavam que ela foi salva por ele. Só minha mãe perguntava: "Como saber quem salvou quem?" Meu tio se livrou de uma grande solidão e aprendeu a sorrir. Ela talvez tenha se livrado de quê? De certa liberdade? E se gostasse do seu ofício? Veio a primeira, a segunda, a terceira, a quarta, a quinta gravidez; mesmo assim, de vez em quando as reflexões da bisa continuavam: "A sorte dela é que mão de homem não deixa marca do passado." Era essa uma das histórias preferidas de minha mãe sobre a bisa.

21.

Continuei deitada, pensando qual seria o significado do aborto em mim com o passar do tempo. Ele dizia que queria ter um filho, mas no futuro. Tinha pavor da reação dos seus pais. A mim faltou coragem para enfrentar minha família. A rigidez de uma educação cheia de escrúpulos não me deixaria opção. Era inimaginável tal situação com aquelas feras, talvez eu preferisse morrer. Em algumas horas meio dopada pelos remédios, em outras, não. Mesmo que tivesse sido dado a mim o direito de escolha, não era nem louca de pensar o contrário. A decisão sendo só minha traria uma dor maior, talvez por isso tenha deixado nas mãos dele, mas como não assumir aquela responsabilidade se ela era minha também? O aborto foi à revelia do meu desejo, mas fiz. Não queria? E por que consenti? Depois de me sentir abusada psiquicamente, se pudesse fugiria de mim. Mas me deparava mesmo era comigo.

22.

Lembrei que um dos passeios que eu mais adorava era ir à mata, onde viviam dona Zifina, lavadeira de minha avó, e seu marido, Claudionor, principal peão da fazenda. Ambos sabiam responder a tudo que eu queria sobre as nuvens, a chuva, as frutas, os bichos, os mistérios dali, como ter a eternidade nas mãos — o que seria isso? Minha avó era uma boa companhia, falava pouco no caminho. Eu amava ficar entre as árvores gigantes; muitas delas se encontravam lá no alto, apesar das raízes separadas. Ali, poucos raios de sol penetravam: "Como podem crescer tanto, fechando a passagem da luz?" Minha mãe sempre falava que minha avó queria mandar na natureza também. "A fazenda é da senhora, mas a terra não, é do mundo", avisei, copiando palavras de minha mãe, ditas em sua ausência. Me olhou e nada falou sobre o meu atrevimento; certamente sabendo que aquela frase não poderia ser minha. Às vezes, aparecia um bando de macacos de repente. Eu acenava para alguns bichos, minha avó percebia, mas fazia de conta que não. Um dia, cheguei a vê-la segurando uma vontade de sorrir. A mata era o lugar em que eu mais valorizava o silêncio. Mas existia silêncio ali? Era tudo tão vivo! Eu adorava cada pedaço do tempo, do que via, do que cheirava, do que sentia. Muitas das plantinhas baixas eu comia, experimentava seu sabor secreto, não sabia os nomes, mas desde cedo aprendi a separar as venenosas das santificadas. A maria-sem-vergonha era só pra brincar ou "comer e morrer". E de vez em quando eu dava um grito para ouvir o eco — era esse o meu maior atrevimento perto da minha companheira poderosa, de quem eu era uma eterna subordinada. Na minha cabeça, os ecos eram respostas, não eram ilusão, como minha avó dizia. Eu perguntava de maneira silenciosa, de mim pra mim — um eco só significava "não"; dois ou mais, "sim" a tudo que eu quisesse. Tentava enganar a mata para ajeitar minhas intenções futuras, sempre desarrumadas. Fazia questão de cumprimentar as árvores com meus gritos, na chegada e na saída; admirava pés-de-pau, os ciscos, as folhas, a variedade das cores. E todos os ruídos, cheiros, sensações eram sempre diferentes: verde fechado, verde aberto, verde-claro, verde-escuro, verde fraco, verde forte, verde-amarelo, verde verde. "Verde bem amarelado é verde defunto, tá morrendo. Verde bem esverdeado é verde vivo, tá nascendo", minha avó dizia. Meu maior sonho ali era ver onças ou capivaras. Mas elas eram como a valentia de minha mãe, sabíamos que existiam, mas onde se escondiam?

Dona Zifina era neta de "índia braba", meu pai falava: "A avó foi caçada a laço." Qualquer que fosse a criança não resistia àquela mestiça baixinha, séria, cabelo tão comprido que dava pra enrolar muitas vezes e prender num coque grande no alto da cabeça; às vezes, amarrado com cipó. O olhar agateado direto e firme. Foi oferecida a ela e ao marido uma casa fora da mata, mas sua resposta era sempre a mesma: "Deus me livre, prefiro mais bicho do que gente." Em alguns dias chegava com a espingarda, em outros, com a sanfona: "Quando o céu tá encardido, saio armada" — era como chamava os dias nublados.

Em dias de sol, quase todos, pedia que botasse pra tocar "Asa branca", que aprendera com seu Luiz. Chamava assim Luiz Gonzaga, que fazia surgir a sanfoneira, ele no disco, ela, ao vivo. Por mais amado que fosse, seu Luiz nunca podia nem imaginar um amor do tamanho do dela. Só sabia tocar duas músicas. Ensinava a nós que o que mais importava era o bem-querer indo e voltando. Um dia falou isso perto de seu Zé Gamela, que traduziu o que ela dizia como amar e ser amada, o que todo mundo quer na vida, ele dizia, é amor retribuído. Ela trazia quase sempre colares de jabuticaba, de cajá ou de umbu, já prontos, enfiados em linha de novelo, e botava no nosso pescoço, quando ficávamos em volta dela, sempre sentada no chão, com todo o corpo encoberto na roda do vestido, nem a ponta do pé aparecia. Comíamos os colares, nossos presentes preferidos no universo, e pedíamos bolo de araruta ou de puba ou de fubá. Ela falava: "Não tem, não, hoje tô de calundu", fazíamos coro: "Calundu, não, calundu, não!" Em poucos minutos ia procurar ovos nos ninhos das galinhas e chegava com um bolo pronto; ela mesma comia mais do que nós juntos. Minha mãe falava: "Vem morar perto da gente", ela dizia: "Gosto da mata, não sou igual gente branca que tem medo de silêncio."

23.

No Dia de Reis, 6 de janeiro, os reizeiros chegavam a muitas fazendas. Antes perguntavam se queriam a apresentação — pelo lado de meu pai era não, pelo lado de minha mãe era sim. Meu pai, com cara de gastura, não dava cartaz, querendo ser indiferente, só liberava para agradar a gente. Pedíamos: "deixa, pai, deixa, pai." O canto era acompanhado por dança, com os chapéus bordados de espelhinhos, fitas, flores de plástico, tiras coloridas. Não podíamos entrar na roda, apesar de a proibição não ser verbalizada; nem balançar o corpo; mesmo assim, adorávamos. Em quem eles colocassem o chapéu na cabeça, esse só podia tirar ao fim do espetáculo, e devolver com dinheiro. Minha mãe não só dava dinheiro na frente de meu pai, como depois, pelas costas. Quando iam embora, meu pai sempre falava: "São desocupados querendo ganhar a vida sem trabalhar." Um dia, quando minha avó estava lá, completou: "E fedorentos." E minha mãe: "É cheiro do humano."

Ela dizia que não tinha dinheiro que pagasse os reizeiros, que eles faziam a gente esquecer da vida. Em momentos assim, meu pai sempre falava:

"Você é ingênua."

O que é ingênua, pai? E ele: "Nem eu consigo explicar, nem você entender."

Mas é ruim ou bom? "Pode ser bom ou pode ser ruim, depende da hora."

É doce ou amargo? "Mais doce que amargo. Gente de boa-fé extrema é ingênua; gente que não percebe nuvens pesadas é ingênua; gente que não sabe separar um animal treteiro de outro é ingênua; gente que não vê maldade em nada é ingênua."

24.

Certas noites, eu e meus irmãos apagávamos as luzes, durante o sono profundo de meu pai, para encontrar nossos amigos noturnos — os vaga-lumes. Quanto maior o negrume da noite, mais feliz a gente era. Íamos feito loucos para o fundo da chácara, tateando aqui e acolá. Os "vaga", como os chamávamos, nos faziam ficar em silêncio na ânsia da próxima luzinha no meio do breu. Assustada, minha mãe temia essa brincadeira, dizendo-nos que depois de pegar nos vaga-lumes não se pode passar os dedos nos olhos, tinha risco de cegueira.

Meu irmão maior conseguia juntar vários deles num quarto escuro e ficávamos pra lá e pra cá, pra lá e pra cá, acompanhando as pequenas luzes. Os vaga-lumes sempre foram os mais impressionantes seres da minha infância. Muitas vezes, me deixava levar pelas claridades efêmeras e, quando percebia, estava longe no meio da noite. Mais tarde, entendi que esses serezinhos encantados representavam o drama de luz e escuridão da vida de minha mãe.

Muitas vezes dormíamos tarde com os vaga-lumes e acordávamos cedo com os macaquinhos. Eles vinham com muita fome comer banana, mamão ou jaca, sempre preferindo as bananas. Apareciam de repente pulando de galho em galho nas mangueiras. Eu gritava: "Moreno, Moreno", para qualquer um e vinham todos — sabiam que tinha comida à espera. Se chegava alguém diferente, eles fugiam, fazendo aquele chiado coletivo. Meu pai brincava que esnobavam os desconhecidos. Menos no jeito de brigar, chegando a cair e rolar no chão.

25.

A primeira vez que ouvi falar em aborto, a palavra não foi dita. Foi quando meu pai precisou levar ao hospital, de madrugada, uma moça que trabalhava numa fazenda perto da nossa. O marido veio pedir socorro — chegaram montados em burros. Ele contou que ela tinha tomado chá de folhas e tinha começado a sangrar — e a moça, pálida, chorava. Em seguida desmaiou. Entraram no jipe, ela foi atrás com a cabeça no colo de minha mãe. Usava saia comprida preta. Ao entrar no carro, apareceu uma camisola branca, por baixo, empapada de vermelho. No que voltou a si, dizia: "Eu quero tirar, eu quero tirar." E mesmo naquela condição, alegava que não ia botar mais filho no mundo, não queria ter um rejeitado, pra dar vida desgraçada! E continuava a falar: "Quantos vier eu tiro, é meu esse direito." Ela tinha 25 anos e seis filhos. O marido explicou que a "véia" Lidora, parteira conhecida na região, tinha tentado ajudar, mas piorou tudo. O pai da criança informava que o sangue jorrou mais ainda depois que a parteira mexeu "entre as pernas dela". E dizia: "Você vai me pagar depois, mulher, você vai me pagar." Ela se calou, chegou ao hospital e lá ficou. À saída, meu pai falou com minha mãe: "Essa mulher tem sabedoria", minha mãe concordou, ainda com a roupa suja de sangue.

26.

Algumas vezes, íamos pro rio levados por alguém. Eram dias claros e iluminados, quase sempre com o sol rachando a nossa pele. Tirando muito de vez em quando, quando chovia, todos os dias da nossa vida eram iluminados; a gente nem pensava nisso, pra nós era como se fosse uma obrigação. Subir na pedra e pular no poço fundo, dar a volta e de novo pular, ritmados e exibidos para a minha mãe ver, quando ela nos acompanhava. Quando não, escorregávamos nas pedras lisas e compridas cheias de lodo, o nosso toboágua indo dar na cachoeira com a espuma branca, que muitas vezes bebíamos. Já sabíamos: voltar antes de o sol se pôr. A areia branca, nas laterais, era lugar para meu irmão desenhar todo tipo de bicho, conhecido ou desconhecido — seu pequeno zoológico —, e Lampião e Maria Bonita, os únicos personagens humanos a aparecer, como que a tomar conta da bicharada. Até o chapéu do cangaceiro ele desenhava em detalhes, colocando moedinhas de verdade como adorno. Mesmo depois de seu Zé Gamela falar que Lampião era bandido, matador de gente, trazendo tanta decepção às nossas vidas, ele mantinha os desenhos na areia. Quando um dia foi perguntado por que fazia isso, explicou que aquele era irmão mais novo de Lampião, Lampiãozinho, se vestia igual a ele, era valente também, mas não matava gente, não. Se um de nós pisasse, ele chorava. E refazia. De vingança, falava: "Vi a sua xoxota na calcinha molhada, vi a sua xoxota." Quando íamos embora, exaustos, sobrava um tapete de areia para os cavalos pisarem ou a ventania desmanchar. "Posso dormir aqui e tomar conta?", ele pedia. "Não. Ninguém pode dormir ao léu", ele mesmo respondia, imitando a voz de minha mãe. Ela falava: "Cadê a alegria em saber que amanhã vai poder fazer tudo de novo?" No futuro nossas personalidades seriam diferentes, menos no amor pelo rio.

Existiam outros amores comuns, alguns bichos que faziam parte da vida de todos. A arara Bicuda, o papagaio Zé, a pequinês Morita, o gato Chiquinho, que vivia entrecruzando os lugares, sempre desconfiado. Adorava se pôr entre as pernas de minha mãe, muitas vezes parecendo como num passo de dança, quase sendo atropelado pelas suas saias. Tupi, o vira-lata de pelo negro e brilhante; Rex, todo caramelo. E, de vez em quando, os besouros enormes voando de um lado a outro, fazendo aquele zumbido tão alto. Um velho peão sempre afirmava que aquele bicho era grande portador de mensagens. Ao vê-lo, repetia três vezes: "Se for bom, tu traz, se for ruim, tu leva."

27.

Adorávamos mais que tudo passear de panacum, o que só era possível nas ausências de meu pai. Minha mãe mandava botar a cangalha no jegue e alguém nos levava para dar uma volta, com travesseiros no fundo dos cestos grandes, num balanço lento e contínuo. As duas crianças maiores de um lado e as três menores do outro, pra equilibrar. Subíamos uma montanha ou dávamos uma volta no meio do gado, sentados, reparando tudo pelos furinhos dos cipós trançados. Meu irmão sempre brincava que estava vendo cobras e jacarés. Quando de pé, falávamos, tocávamos, fazíamos careta para as vacas, os bezerros, os bois, o que nos fazia sentir poderosos. Uma criança que se equilibrava de pé dentro de um panacum já estava preparada para andar. Minha mãe dizia que dava firmeza e equilíbrio fazer esse teste. Outras tantas vezes nos mandava colher as flores do campo, pequenas margaridas brancas e amarelas que trazíamos em braçadas, razão de reclamação de meu pai — ele gostava das flores plantadas na terra. Só perdoava aquelas usadas em guirlandas pra mim; pro meu irmão, eram de capim braquiária — homem não podia usar florzinha na cabeça. O que queria mesmo talvez fosse um pouco de sossego. Quando nos arranhávamos antes, durante ou depois, o que era comum, chorávamos na volta querendo nosso pai. Ele nos abraçava apertando nossa cabeça em seu ombro, dizendo: "Já passou." O mesmo fazia com nossos joelhos e cotovelos esfolados. Dava um sopro, um abraço e falava: "Sarou, sarou."

28.

E chegavam as datas importantes na vida de todo mundo. Menos na nossa. Na fazenda não comemorávamos o Natal, jamais. Para meu pai, essas datas, como o Dia das Mães, o Dia das Crianças, eram apenas datas comerciais. Nunca considerou as emoções a elas vinculadas. E por isso recusava os presentes a ele oferecidos, dizendo: "Vai lá e troca pra você." Coisa parecida acontecia também com os cumprimentos. Quando lhe diziam: "Tudo bem?", ele devolvia: "E você, como vai?" Respondia ao amigo ou conhecido com outra pergunta. Achava que era apenas uma formalidade e que, no fundo, o outro não estava muito preocupado em saber se tudo ia bem ou não. No meio dessa série de "devoluções" em que cresci, só fui saber o que era uma noite natalina quando fui morar na cidade com minha tia Jô, aos 8 anos, o que significava que, na idade em que Papai Noel estava saindo da vida de muitas crianças, estava entrando na minha. E qual não foi a originalidade do presente que o "velhinho" me deixou: uma mala.

A maior viagem que eu fazia era de uma fazenda pra outra de um parente qualquer, ou da roça para a cidadezinha. Lembro-me de que quis tomar satisfações e saber se Papai Noel era como gente, que não sabe quase nada. Minha mãe respondeu: "Sei apenas que ele adivinha os desejos e é rico, já que compra tudo o que quer e roda o mundo numa noite." Adivinha os desejos? Então entendi que dentro de pouco tempo eu iria precisar daquela mala, o que significava ir embora pra mais longe ainda, deixando minha família cada vez mais distante. Quase enlouqueci minha mãe, precisava devolver a mala. Cada vez que olhava pra ela, ficava com vontade de chorar. Ao sentir que era impossível voltar atrás, entrei em pânico. Os dias passando e eu com medo do próximo Natal.

29.

Depois das bebedeiras, muitas vezes minha mãe tinha crise de asma, mas evitava ao limite ser internada no único hospital da cidade próxima. "Saio de lá pior do que entro", dizia, pelos muitos miseráveis com que se deparava. E afirmava que, se pudesse, daria uma vida direita a todos. Por isso mesmo, um dia, quando um peão me levava pra fazenda com minha irmã, vi uma mulher chorando na estrada e pedi que ele parasse o jipe, sabendo da ternura de minha mãe pelos pobres. Chamava-se Estelita, nos falou que não tinha família e queria trabalhar. Sabia fazer tudo: lavar, passar, plantar. Entrou no jipe e partiu com a gente. Ao chegarmos na fazenda, Estelita viu a cachoeira de espuma branca, o rio de água transparente, e a primeira coisa que fez foi tirar toda a roupa, como se não tivesse mais ninguém ali. Fez o que muitos gostariam de fazer, era livre. Soltou o cabelo negro, que batia na cintura, nua em pelo, mergulhou até cansar, abriu braços e pernas e deixou a água fria passar pelo seu corpo. Mulherona de carnes firmes e quadris largos. Isso desagradou minha mãe, que costumava dizer: "Quem muito se abaixa, o fiofó aparece." Nossa "hóspede" virou atração apenas por algumas horas. Minha mãe serviu almoço pra ela, deu uma roupa decente e falou pro seu Mariozinho: "Despacha essa mulher daqui."

30.

Eu olhava a cabeceira da cama, com tanto remédio. Três dias se passaram e eu ainda sentia náuseas. O enjoo da gravidez não deixou imediatamente o meu corpo depois do aborto. Para o meu organismo, o aborto ainda não tinha se concretizado, eu ainda estava com os sintomas de antes quase intactos. O que o médico considerou "muito estranho". Eu sentia como aquilo que começa e não termina. Todas as outras marcas que eu tinha na vida mudaram de lugar em mim. Como se, querendo ou não, tivesse acontecido uma arrumação interna, com o aborto sobrepondo todas, algumas chegaram quase a desaparecer, outras, a diminuir, e meu coração se livrou completamente de várias.

31.

Meu pai sempre preferia que minha mãe não fosse à cidade sozinha, mas de vez em quando ela fazia o que queria. Num desses retornos, da varanda já dava pra perceber algumas mudanças. Apesar de o dia estar meio fosco, quando ela desceu do carro, com um sorriso tão grande e desarmado, ao olhar nossas caras bélicas, seu semblante foi ficando diferente, se fechando, se transformando numa expressão amarga. Todas as nossas fisionomias sugeriam uma desfeita para o sorriso dela, que de diminuído passou a ficar meio parado, sem andar nem pra frente nem pra trás, incomparável ao primeiro momento da chegada. Ela se aproximando e nós, mesmo imóveis, nos afastando. Atravessou o gramado na frente da casa, num passo sem firmeza, com um jeito vulnerável, indeciso, desconfiado, presa em si (a única coisa que fazia com determinação era segurar a bolsa), encostou-se na parede já na varanda e correu os dedos ao largo da janela pra baixo e pra cima, e de novo e de novo e de novo, como se quisesse um contato; parecia suplicar algum carinho da madeira. Quase dava pra ouvir a sua vergonha. Ajeitava o cabelo várias vezes, para não prestarmos atenção ao seu olhar cheio de veiazinhas vermelhas. Finalmente, sentou-se e começou a tirar a sandália, tentou, tentou, tentou, sem conseguir; levantou o rosto e viu nossos olhares em sua direção. Olhares julgadores, ali ela era a julgada por nós, um tribunal. Parecia ver através de nós. Passiva e ao mesmo tempo arisca. Só minha irmã de 2 anos não julgava nada, apenas sorria e bocejava. Tentou desabotoar a sandália novamente, desistiu. As pessoas grandes não iam ajudá-la? Nova tentativa, nada. Conseguiu vencer a fivela. Ficou com um pé descalço e o outro calçado. O olhar de meu pai em sua direção parecia feri-la como uma arma, quando balbuciou: "Ela tá chumbada." Naquele instante, era um homem sem compaixão? Mas eu também não fiz nada, fiquei parada feito uma múmia, sem saber o que fazer. Minha irmãzinha, que ainda nem andava direito, alheia ao que acontecia, chegou perto dela, pousou as mãos em seus dois joelhos e disse: "Me leva, mamãe." Foi a salvação. Minha mãe murmurou duas ou três frases desconexas. Meu pai, olhando a cena, suspendia o chapéu, mexia e recolocava sem tirar, gesto conhecido dele. E disse: "Misericórdia!" Seria uma súplica? Podíamos olhar, sentir, falar o que quiséssemos, não iria afetá-la naquela hora, embora já estivesse sendo atingida. Saiu andando com minha irmã de mãos dadas e passos incertos, sob nossa atenção. Quem ali levava quem? Entraram no quarto de casal e, em poucos minutos, dormiam, tranquilas. Continuava calçada de um pé só, sem par, como se sentira em muitas passagens da vida. Peguei a sandália que ficou pra trás, tirei a outra que ainda usava e coloquei ambas aos pés da cama, como se estivessem sempre ali. Meu pai falou: "Não querer mostrar é diferente de tentar esconder." Perdão inesquecível pra mim, aos 6 anos. No dia seguinte, citou casos fictícios, sem nomes, pra encaixar em quem quer que fosse.

32.

Um dia, fomos à cidade comprar roupas novas. Entramos num bar e reparei na admiração de minha mãe pelo jogo de sinuca, as bebidas, os cigarros, mesmo sendo de dia. Na sala vizinha, meia dúzia de pessoas estava numa mesa conversando, dois casais se levantaram e começaram a dançar, repetiam um disco de Caetano Veloso (incomum na região), Chico Buarque, Raul Seixas, Nelson Gonçalves e outros sertanejos, mudando de um ritmo a outro, com os quadris muito colados, e se seguravam firmes, se puxando, fosse a música que fosse. A parte de cima dos corpos afastada deixando ver a expressão um do outro, enquanto falavam coisas. Minha mãe olhava admirada. Aquilo só podia ser mesmo bom. Desconfiava que minha mãe ia beber e tentava perguntar coisas perto dela para sentir o seu hálito, nem sempre conseguia. Fomos escolher as roupas. Depois, ficamos sentadas na porta de um banco, à espera de meu pai. Veio um jipe verde que não era o nosso. Passou. Veio outro, levantei-me balançando os braços e gritei: "Pai, pai!" Não era ele. Estava começando a chover. Foi aumentando a água sob nossos pés. Eu, calada, ela, também. Éramos só as duas. A mim talvez parecesse que eu estava com minha mãe — só parecesse, mas ela, alheia, parecia não estar ali. E o tempo não passava, a espera e a chuva cresciam. Eu comecei a botar minhas sandálias pra descer na correnteza. Deixava serem levadas um pouco, corria e pegava, até que uma foi carregada, tomou um rumo e sumiu. Corri, mas não achei mais. Tirei a outra, que deixei seguir de propósito. Minha mãe suspendeu a mão, sem autoridade, na tentativa de que eu salvasse a sandália; só no gesto, sem nada dizer. Pra que uma só? Passou algum tempo (não sei quanto), e nós, molhadas como pintos. Ela olhou pra mim e disse: "Vamos?" "Pra onde?", perguntei! Não sei. Quis saber se ali fosse o mar, se existisse um barco, eu gostaria de ir embora? Não tinha resposta para a pergunta; talvez, nem ela. Os paralelepípedos sumiram sob a água, e o vestido novo ficou enlameado.

33.

Certa vez, minha mãe estava pronta para uma festa, de vestido de linho rosa, o mais bonito que a vi usando a vida toda. Tinha decote quadrado, mangas muito curtinhas e um pouco armadas, o que ficava bem em seus braços magros e longos. Era justo até a cintura e, a partir dali, algumas pregas bem largas se abriam, indo até a altura do joelho. Era esse o comprimento mais curto que meu pai permitia. Eu não a achava bonita, só de vez em quando, mas nesse dia ela estava. Foi a primeira vez que reparei nisso. Foi esse também o dia em que percebi o que era a alegria, ao espreitá-la junto ao meu pai no quarto. Ele falou algumas coisas em seu ouvido que não consegui entender; em seguida, disse: "Dessa cor eu gostei." Tive dúvidas se falava da cor da roupa ou da cor da pele, também rosada. Só podia ser da roupa, a pele estava igual, com sardas pequenas espalhadas; não teria o que comentar sobre isso. Minha mãe sorriu mais suave que o habitual, mas de um jeito profundo, com seus dentes bem brancos e alinhados. Meu pai, depois de um tapa em sua bunda, também sorriu de leve enquanto a olhava e apertou o seu queixo, piscando os dois olhos, rápido. Tenho sempre, também, o mesmo gesto, faço isso automaticamente em momentos importantes de carinho. Olhei, olhei, e na minha imaginação aquilo era a felicidade. Ela devia estar ali. Pena que aparecia tão pouco, não nos visitava com frequência.

Gostei muito de assistir à cena efêmera, mas ainda assim fugi, sem ver o que veio depois, antes que fosse flagrada entre portas, atenta a um momento íntimo. Saí para a varanda naquele fim de tarde e início de noite, já com umas poucas estrelas aparecendo no céu. Minutos depois avisaram que estavam de saída. Pedi pra ir com eles, fui dispensada. Finalmente partiram, felizes. Ela chegaria, aonde quer que fosse, com a roupa amassada; gostei da ideia, como uma pequena vingança por me deixarem para trás. Não que isso mudasse coisa alguma, não para meu pai, que sempre dizia "as roupas não significam nada". Ficamos eu e dona Santa, a cozinheira. Tudo que eu perguntava, ela não sabia responder ou simplesmente evitava falar. "Cala a boca, menina", recriminava, de um jeito carinhoso, me abraçando. Gostei do abraço de dona Santa — com seu vestido de algodão estampadinho, o que a fazia tão macia e aconchegante. Perguntei se eles viveriam sempre assim, trocando aqueles olhares.

Ela continuou disfarçando, ou subtraindo de mim o que sabia. Dormi antes que voltassem. Soube no dia seguinte que minha mãe perdeu os brincos de água marinha que usava. Meu pai mandou roçar o capim numa área bem grande em frente de casa, bem rente ao chão. Não entendi o porquê daquela busca se ele próprio afirmava que tudo vinha e voltava para a terra, a dona universal. Então, por que já não deixavam o brinco com a verdadeira dona, se mais cedo ou mais tarde voltaria mesmo pra ela? Os homens trabalhavam dizendo ser uma batalha inútil, mas a qualquer sinal de desânimo meu pai dizia: "Vamos em frente, vamos em frente." Antes do anoitecer, um deles achou a joia. Como ela ficou feliz! Esses brincos eram amados por ela, certamente associados a alguma fase feliz com meu pai.

34.

Mais ou menos uma vez por ano, quando chegava à fazenda o "retratista" para nos fotografar, minha mãe dificilmente não usava aquele brinco para alguma foto. Eu já associava essa joia a esses dias de fantasia. Eu e meus irmãos nos arrumávamos tanto que nos transformávamos exatamente naquilo que não éramos. Perdíamos o nosso ar meio rústico, nossa autenticidade, talvez o melhor que tínhamos. Minha mãe brincava: "Hoje é dia de virar criança grã-fina." Eu me vestia como gente da cidade, com roupas modernas e sapatos que quase sempre me causavam dor nos pés. Bem ao contrário das galochinhas e das botas do dia a dia, tão confortáveis, eu me via aprisionada em meus sapatos de festa. Com as botas eu me sentia forte, eu me sentia eu. A falta de naturalidade não era captada pela câmera, pelo menos não aos olhares dos estranhos. O fotógrafo partia deixando a expectativa do seu retorno, e a ansiedade chegava. E me via perguntando à minha mãe: "Quantas noites preciso dormir até ele voltar?" Pegava o número equivalente em pedrinhas e sempre, ao acordar, me livrava de uma delas. Contava cada semana à espera do fotógrafo. Quando ele chegava, eu e meus irmãos voávamos em cima da sua bagagem, querendo nossas fotos. Num desses dias, ao ver meu pai negociando o preço, senti quase uma revolta: julgava que aquele trabalho tinha valor muito maior do que qualquer dinheiro poderia pagar; por mais que fosse cobrado, ainda seria pouco. Peguei algumas moedas e tentei dar a ele, para mostrar meu apreço, ele não aceitou. Os adultos riram de mim. Meu pai, sem discutir mais nada, fez o cheque.

35.

Nas fotos ou fora delas, sempre achei que a expressão do olhar de minha mãe ia mudando com o passar dos anos, mais do que o de todo mundo. Cada vez que eu a via, sentia uma diferença sutil, mas perceptível. Talvez uma certa amargura fosse tomando conta daqueles olhos, na maioria das vezes ingênuos. Ela não nascera pra viver no campo. Sonhara com maquiagens, decotes, roupas justas e sensuais, o que foi se perdendo entre árvores, animais, cachoeiras. Levaram-lhe as ilusões. Seu espírito estava bem além do pôr do sol nas montanhas e do enfado diário. "Tenho horror de ouvir cigarra cantando." Também tinha pavor do barulho dos gansos, que incomodavam seu quase diário e breve sono diurno, tão leve. Não raro, acordava falando: "Sonhei que estava numa festa", e seguia descrevendo detalhes de mulheres e homens apaixonados em noites longas e inesquecíveis. Não entendia como alguns amigos chegavam e elogiavam a vista, as frutas, os rios. Simplificava: "Tem louco pra tudo." Outras tantas coisas nem era preciso falar, mas em momentos de brigas ela falava. Ao acordar, um dia, sem que nem ela nem meu pai jamais imaginassem que eu estivesse ali, ainda de pijama, ouvi muito bem a frase: "Me casei com você sem amor, foi escolha de meu pai." Entendi por que não suportava as pequenezas do cotidiano imposto a ela — a vida doméstica, o choro da criançada. Vivia nesse desencontro íntimo entre coisas tão importantes, suas velhas conhecidas, e outras, quem sabe, pra ela mais importantes, que nunca chegou a conhecer. Com a passagem dos anos, seu corpo magro também foi mudando, se transformando. Sua esperança de mudar de vida foi desaparecendo no mesmo ritmo em que os filhos apareciam. Faltava coragem para deixar a segurança e as crianças pra trás. Mas sonhava com uma vida mais livre — essa era sua face oculta, nem sempre disfarçada. Em contraste com a natureza ampla ao seu redor, vivia numa prisão. Quando teve consciência de que talvez não tivesse tempo pra viver aquela outra vida que existia apenas nos seus pensamentos e desejos, foi perdendo o frescor do olhar. O tempo era mais condensado do que ela imaginava. Suportava a vida porque se transportava, pela imaginação, a um futuro que nunca veio a conhecer. Sonhava com um amor como os que via na televisão, mas ele era tão distante quanto as principais constelações no céu, cujos nomes sabia de cor. Viria daí tanta mágoa do mundo?

Ela se casou por decisão do pai, que analisava os candidatos a casamento com as filhas pela conta bancária. Meu pai era, entre três, o que tinha mais terra e gado. Minha mãe às vezes chorava ao lembrar-se disso; às vezes chorava e sorria, porque pouco tempo depois um dos descartados, por ser pobre, já era dono do dobro de fazendas de meu pai, por herança. O outro, em alguns anos, nem se comparava com a maioria na região; médico de sucesso. Minha mãe falava que o pai escolheu mal — o mais rico que virou o mais pobre. O que não significava não gostar de meu pai, dizia que passou a amá-lo com o tempo. Nunca o perdoou por achar que ele se casou com ela mesmo sabendo da sua preferência por outro homem, o médico. Eu sabia que, quando minha mãe o via, vez por outra, olhava para o chão a maioria do tempo. Era como se sentisse algo de ilegítimo só por ter pensado em escolher outro noivo.

36.

Certo dia, minha mãe colocou uma música bem alta e começou a dançar. Fingia abraçar alguém, fingia ouvir alguém, fingia virar a cabeça para alguém, fingia fumar, fingia beijar. Era como se estivesse separada de um passado recente apenas por uma fina cortina de tempo. Os gestos eram fingidos, o desejo, autêntico. Parecia dançar com o mundo, com o espírito vibrando, sendo levada para algum lugar. Não notava nada em volta de si, tão envolvida com seu parceiro invisível. Eu e meus irmãos não compreendíamos ao que assistíamos. Meu pai, que voltava da vacinação do gado, acompanhou a cena pelo espelho antigo e grande, posicionado no fundo do quarto, exatamente em frente à porta da sala. De repente ordenou: "Para com isso!" Nada aconteceu. Repetiu. Minha mãe não interrompeu seu devaneio. Então, ele repetiu, dessa vez mais alto. Postou-se diante dela, olhou seus pés descalços, depois seu rosto, mas se fixou na altura do coração, com a expressão cada vez mais séria. Meu irmão pequeno perguntou: "Mãe, seu coração tá tremendo?" "Coração não treme, de onde você tirou isso?", respondeu ela, segundos depois, como que caindo em si, se recompondo. O coração não estava tremendo, ou, se estava, não se sabia, mas as mãos, sim, eu vi. A pele dos braços estava arrepiada. Lembrei de minha avó dizendo: "A carne não mente." Puxei meu irmão para irmos à casa das corujas, que adorávamos, para sair dali. As corujinhas tinham casas num murundu bem perto, de vez em quando saíam para a claridade. Vê-las virar o pescoço numa volta de 360 graus me impressionava, ver a vida sob outros ângulos. Voltamos pouco tempo depois, fugindo da chuva fina — a discussão, uma das tantas quase diárias, continuava. Seria uma fantasia com um homem fictício? Talvez uma vingança por ter sabido que meu pai tivera uma mulher no puteiro, numa cidade próxima, quando solteiro — "a quem enchia de ouro", minha mãe costumava dizer. Quando eles brigavam, ela jamais deixava de trazer "a fulana contratada" à tona. Meu pai sempre respondia que, ainda que fosse verdade, ninguém podia controlar o passado de ninguém. Enquanto ela se revoltava, falando bem alto, ele apenas balbuciava, ou ficava calado. Era a maneira de fazê-la ir voltando a si.

37.

À saída do aborto, duvidei que minha visão fosse real: uma colega de faculdade ali, sentada. Fui falar com ela, que me perguntou: "Você também?" Eu também, o quê? Dissimulada, mentirosa, corajosa, disfarçada, culpada, vítima? Era o que via em mim. Bem ao contrário pra ela, filha de conhecida psiquiatra, ali ao lado. Me apresentou à sua mãe, que, parecendo ler meu espírito, disse: "Ninguém faz aborto por querer, ninguém engravida para fazer aborto, ninguém é a favor do aborto em si; normalmente é uma experiência dolorida, às vezes, necessária. Mas toda mulher merece o direito de fazê-lo, se quiser. Aqui, pagamos caro e abortamos, e aquelas que não têm dinheiro, mas não querem ou não podem ter o filho?" As palavras chegaram forte a mim, no momento de maior solidão e desproteção da minha vida, e lembrei-me de novo de minha avó, cuja vida era tão diferente dessa médica, mas que em parte tinha um pensamento igual. Apontei meu namorado e ela comentou: "Ele veio? Que sorte, raramente fazem isso!" Ah, se ela soubesse que a autonomia tinha ficado nas mãos dele.

38.

Nunca vou esquecer o estado em que a família ficou com a morte de um de meus irmãos, mas, mais do que todos, minha mãe. Todos ficamos atordoados, perplexos, desorientados com aquele acidente fatal. Como é que um cavalo manso daqueles poderia tropeçar num lugar de gramado baixo em dia de sol, sem lama, sem pedra, sem buraco, sem nada? Minha mãe se perguntava como daquela vez não veio a premonição? Naquela noite, ela se instalou em frente ao santuário que mantinha em um dos quartos, e dali não conseguiu sair. O corpo de minha mãe estava ali, mas seu espírito parecia bem longe. Ela ficou no quarto, só saindo no dia seguinte para o enterro. Não sei o que se passou na hora do enterro, mas depois ela voltou e se instalou novamente no quarto, onde ficou sozinha por três ou quatro dias. Levavam bandejas com café, com lanche, com almoço, com jantar, trocavam umas pelas outras, sempre intactas. Ficou entregue apenas ao seu abismo, quase imóvel, com o rosto inchado e o olhar parado. O janelão sempre trancado. Ela em sua autoprisão, agarrada à angústia. O silêncio noturno era pesado, a morte de um filho, "a maior das dores do mundo". Numa manhã, minha irmã mais nova entrou ali e perguntou: "Mãe, se você ficar aqui olhando os santos, eles vão trazer meu irmão de volta? Ou você quer morrer também?" Minha mãe, como que mirando o infinito, chorou mais. A criança linda, de cabelos cor de mel, longos e encaracolados, olhar amoroso, ainda disse: "Eu também te amo, mamãe." Finalmente reagiu, pegando a filha pequena no colo.

A partir daí, foi voltando à vida de uma outra maneira, não se incomodava nem se envolvia com nada: não mandava podar as árvores, não expulsava os patos, não reclamava de ter que dar atenção ao jardim para agradar meu pai, nem dos sapos da lagoa próxima, que gritavam na madrugada. A rotina da fazenda não era mais do seu interesse. O valor das coisas mudou de dimensão. Achei que minha mãe perdera o maior dos bens que alguém pode ter — a alegria.

Depois da perda do filho, de deixar pra trás e se perder daquilo que sonhara pra sua vida, minha mãe passou a viver mais o imediato: maior entrega ao álcool. Para ela, tudo ficou meio indiferente. Não enxergava além de cada dia — acabara a fantasia. Comecei a ter um pesadelo recorrente, que não esqueço nunca. Eu a via cair da cama no chão duro de ladrilho. Desmaiada, largada, entregue àquele piso frio. E eu nada podia fazer frente à ordem de meu pai: "Deixa." Devo ter deixado ali — além do sono daquela noite — muitas outras coisas. Não sei direito quantos anos eu tinha, se 5, 6 ou 7. Os olhos de minha mãe pediam ajuda e compreensão. Olhos tão jovens, mas eu não sabia disso. Quanto a meus irmãos menores, não sei se três ou quatro à época, deveriam estar dormindo, ou fingiam estar. Muita coisa gritava no meu coração tão devastado. O pesadelo nunca me largou.

Desde esse dia, minha mãe passou a ser intolerante com a vida e a rememorar as lembranças. De manhã, ataques de fúria; à noite, podia ter choro, podia ter grito, mas podia ter amor — a trilha sonora para a tristeza não mudava muito: Luiz Gonzaga e Roberto Carlos e os sertanejos. Passava horas embaixo dos pés de eucalipto, onde meu irmão gostava de ficar, adorava aquele cheiro. Cuidou por muito tempo dos bichos que ele deixou — gato, cachorro, tatu, cocá, pavão e um viveiro cheio de passarinhos. Além dos que vinham sempre comer. Havia lugar certo para colocar a comida das aves, que cantavam menos desde a partida do filho. Pássaros de todos os tipos e cores, mansinhos com o tempo, tinham passagem marcada por ali. Meu irmão, desde bem pequeno, conversava com eles, imitava o canto e criava amizade. Queria ser veterinário quando crescesse. Amava o seu mundo. Vivia em cima dos cavalos, com seu chapéu de vaqueiro, chicotinho na mão e botas coloridas. Depois da sua morte, minha mãe pediu que o pouco gado dele jamais fosse vendido. Os seus arreios, mandou enrolar em plástico e pendurar bem alto na casa das selas. Quando aparecia o cavalo de que ele mais gostava, pedia que fosse afastado para longe. Ela tinha perdido dez quilos e virado "pele e osso". Nossos dias passavam assim. Quem antes adorava visitas, agora não queria "nem a visita do vento". Entre ela e o filho o amor continuava indo e voltando, queria apenas o "seu sorriso andante". Ela vivia nessa busca diária. A alegria geral acabou. Parecíamos todos ressentidos e desamparados. A força de minha mãe sumiu no passado. As sensações daquela perda de alguma maneira nos uniram a todos. Menos meu pai e minha mãe, que depois da tragédia passavam dias, semanas, meses, quase como inimigos. Nessas ocasiões, não se olhavam, não se cumprimentavam, não se aturavam, mas não se separavam. O clima era tão pesado, que eu jurava existir ali uma outra criatura, que não falava e era invisível, mesmo existindo. Muitas vezes, quando eles estavam aparentemente sozinhos em algum lugar, mudos, de cara feia, eu achava que estavam acompanhados e não sabiam. Algo chegava, colava, instalava-se. Era um relacionamento tenso. No nosso jipe, quando voltávamos da cidade, não existia só o silêncio, o canto das cigarras ou o cheiro das vacas que por vezes surgia, tinha ainda o não dito, o silêncio pesado. Eu pensava que, quando aqueles momentos voltassem à minha memória, me fariam sofrer de novo. Isso queria dizer que quando o presente virasse passado, traria ainda muita dor.

39.

Meu pai podia mandar em tudo, menos na bebida de minha mãe. A sensação era clara: se não existisse o álcool em nossas vidas, poderíamos voltar a ser um pouco felizes. Em minha mãe eu via perversidade onde estava a doença. Aquela mulher intratável e agressiva não era ela, aquilo não era sua essência, tanto que depois sentia vergonha e muita coisa nem sabia que tinha acontecido. Mas e o alambique da fazenda? Existia. Eu me confundia: a aguardente poderia causar na nossa vida tristeza; na vida dos outros, alegria? Revi uma casinha com uma máquina vermelha de fazer caldo de cana, com telhado igual de casa-grande, com algumas telhas de vidro para entrarem raios de luz e olharmos o céu. Por dias e dias foi o meu brinquedo preferido, até eu descobrir que nossos dramas familiares tinham origem na cana-de-açúcar, de onde era extraído o álcool. Passei a detestar tanto o caldo quanto a plantação, como se tivessem me traído. Foi nessa época que os canaviais, pra mim, viraram o mesmo que as drogas provocariam na pós-adolescência: atração e repulsa.

40.

Um dia, nem acreditamos ao ouvir o pedido de minha mãe para arrear um cavalo, queria dar uma volta. Estaria conseguindo se livrar do luto? O cabresto na mão dava a impressão de que sua determinação estava de volta, era um alicerce, um amparo. Seus cavalos esquipavam bem, tinham crinas longas (ela não gostava que cortassem), eram bonitos, mansos, nomeados de acordo com a aparência. Lembro bem de Caramelo, Ventania e Alazão. Meu sonho era cavalgar com ela, montar e desmontar (ainda era preciso que alguém me ajudasse a subir e a descer do cavalo). Quando ganhei de meu pai uma sela para crianças, me senti livre, como se tivesse conquistado alguma coisa na vida. Numa das poucas vezes que visitamos uma fazenda mais distante, na chegada, a primeira frase da amiga de minha mãe foi: "Tão pequena e já monta sozinha?" Senti o risco de perder minha conquista. Quando ela tirou meu pé do estribo, pulei no chão sozinha, contrariada. Passamos a noite ali. Dona Lília, delicada, ficou algum tempo tentando me adular, ainda que percebendo meu desagrado. Partimos com o raiar do dia seguinte. Adorei bater com o cabo do chicote nas plantas mais altas para ver as gotas d'água caírem. "Choveu de noite, mas não molhou a terra, mãe." E ela: "Isso é orvalho." Muitos orvalhos depois, com o sol perto do meio do céu, chegamos. Na estrada aprendi que pisar nas gotículas que ficam na grama antes de o sol bater traz energia vital para a pessoa. Ao apear, meu pai me ensinou: "O cavalo não manda nunca em você, o domínio é seu. Ele precisa apenas perceber, conversa com ele. Você tem que ter mais altivez que o animal. Precisa saber para indicar o destino a ser seguido. Lembre-se, a rédea está sempre em suas mãos. Cuidado quando ele se assustar, é preciso firmeza. Não tendo opção, arriscar é a saída."

41.

Minha mãe voltou a gostar de receber visitas. Quando iam embora, ela ficava ali no balaústre ou até no gramado do lado de fora, a dar adeus, até perder de vista o carro ou o cavalo do visitante. Mesmo de longe, quando se olhava pra trás, lá estava ela acenando. E independia se era alguém mais simples ou menos simples, mais poderoso ou menos poderoso, mais falante ou menos falante. As visitas sempre foram uma alegria pra ela. No que entrava em casa, na maioria das vezes, gritava por bobagem, perdia a ternura, mudava até seu semblante, muitas vezes pela falta da bebida. O que me fazia sempre pedir às pessoas que não fossem embora, que dormissem na nossa fazenda. Quase sempre, baixinho, como um segredo. Mais de uma vez perguntava se não queriam morar com a gente. Se fosse mulher que despertasse ciúmes, aquela doce criatura, há minutos cheia de afetos e sorrisos, era outro motivo pra se transformar numa pessoa irreconhecível. Muitas vezes meu pai a deixava falando ou gritando e saía para a plantação: "Vendo a florada de café eu até esqueço que existe mulher no mundo."

Várias vezes, quando meus pais começavam a brigar, eu me escondia embaixo de um banco bem grande de madeira rústica. Pegava um travesseiro e deitava ali, de barriga pra cima, esperando que os gritos passassem. Mesmo de dia, eu dormia depois da trovoada de palavras e ameaças entre eles. Pegava lápis de cor e desenhava todo o fundo do banco. Se não fosse a chegada da noite, ia querer morar ali, deitada de costas no cimento, a salvo.

Certo dia, depois de mais uma briga, minha mãe resolveu ir embora, sempre lembrando que não tinha tomado aquela decisão antes por causa dos filhos. Sendo eu a maior dos cinco filhos de três meninas e dois meninos, perguntou-me com quem eu ficaria — com ela ou com meu pai. Mandou selar um cavalo, deixando tudo pra trás a ser resolvido depois, e partimos, ela na sela, eu na garupa. Antes, ela avisou: "Esse casamento foi uma sina." Meu pai ficou mudo. Alguns quilômetros depois, nos deparamos com uma boiada na estrada, o poeirão subiu. Sendo ela asmática, achei que talvez desistisse e voltasse. Naquele dia, nada a faria mudar de ideia, nem apelando para o sagrado. Uma légua adiante, surgiu o rio de água turva, nosso conhecido. Ela tentou passar pela ponte larga, o cavalo refugou; o fundo do rio poderia ter mudado depois da enchente. Mas enfrentamos a correnteza barrenta e conseguimos atravessar. Minutos depois, parou o cavalo embaixo de uma jaqueira. E disse: "A verdade eu conheço, as versões não me interessam." Eu não estava com medo da partida, eu não estava com medo da chegada, tinha medo era da estrada, que nunca acabava. As minhas virilhas já estavam quase em carne viva. Implorei: "Mãe, me deixa descer, eu acompanho o cavalo." Ela não concordou. Acelerou o passo para evitar que a noite nos pegasse na estrada, odiava os insetos noturnos. Chegamos à cidade com sede, com fome, com angústia; ela, com os olhos inchados pelo choro ininterrupto. Nos dias seguintes, meu pai apareceu para conversar na casa de sua amiga. Na terceira vez, o perdão apareceu. Na hora da partida a dona da casa perguntou: "Oxente, já enterrou as mágoas?" Voltamos para esse recomeço, como se nada tivesse acontecido. Comentário de minha avó: "Casou sem trazer nem um bezerro, agora queria sair com herança do meu filho."

42.

Minhas primeiras férias foram passadas na fazenda da madrinha Lilita, irmã de minha avó, que me pareceu uma mulher ambígua: no primeiro dia, montou um cavalo, acompanhando os vaqueiros, para expulsar os ciganos, ao saber da invasão em sua fazenda. Eu conhecia esse povo desde pequenininha, sempre que eles armavam barracas coloridas na nossa fazenda. Me fascinavam, além de quebrarem o tédio da vida pacata que eu tinha. Traziam à minha infância alegria, animação, beleza, com seus figurinos ricos, coloridos, bonitos. Eu os achava corajosos por dormirem embaixo de uma barraca no meio do mato e viajarem sem destino certo, sem medo de nada. Adorava antes de tudo sua leitura de mãos. Todos os meus sonhos se realizavam no futuro. Essas previsões me enlouqueciam e me acenavam com a mais completa das felicidades. Já a madrinha dizia: "São uma praga, são uma praga."

Naquela mesma noite, pensando na amazona corajosa e temida, enquanto eu ainda me ressentia do acontecimento da manhã, ela aparece com um robe em laços de fita, senta-se ao piano e toca para o marido, meu padrinho, iluminada por muitos candelabros de prata. Entre eles, talvez a frase de meu pai "casamento é pra quem gosta de luta" não fizesse sentido. Seria uma mulher feliz? Lembrei-me de minha avó, sua irmã, às vezes duvidando dos sentimentos daquele casamento: "Ele casou com ela por amor ou a vida é dura mesmo?", comentou um dia com minha mãe. E falava que ali devia ter sofrimento silencioso dos dois lados: do dela, por viver essa eterna dúvida; do dele, por ter de aturá-la, se fosse verdade. Minha mãe, pelas suas costas, dizia não passar de inveja. Minutos depois, madrinha Lilita me tirou dos meus pensamentos mandando-me dormir. Vi, nos travesseiros, iniciais iguais às minhas. Saí do quarto e fui tentar descobrir o que seria aquilo. Nesse momento tocava parabéns para o meu padrinho. Interrompeu em "nesta data querida" e quis saber o que houve — não era hora de criança estar dormindo? Alguém, com as mesmas letras que eu, viveria ali? — quis saber. "É você. Mandei bordar as letras do seu nome." Sorri.

Voltei pra cama, sentindo o perfume de lavanda e a diferença da maciez dos travesseiros e dos lençóis comparados aos que estava habituada, e, ainda, um mundo novo que surgiu nos meus pensamentos: eu existia. Senti que eu fazia parte do mundo, pela primeira vez. Soube pela minha mãe ser um comportamento normal dela. Para qualquer hóspede mandava bordar as iniciais também, mesmo em estadas curtas. E depois? "Ah, depois pra ela não importa." Minhas ideias voaram.

Ali, passei dias tentando me comportar bem à mesa: cheguei com tanta instrução na cabeça, que voltei sem saber o gosto da comida. Saí começando tudo com por favor e concluindo com obrigada.

43.

Na chegada à nossa fazenda, disse que queria um tapete branco e de fios altos como o pelo do meu poodle e a lareira igual à da madrinha. Minha mãe gargalhou, avisando: "Lareira aqui é a beira do fogão." Era o fogão grande de cimento e trempes de ferro, onde ficávamos aquecendo as mãos nas raras noites de frio. Do fogão a gás não saíam os sabores preferidos de meu pai, ele achava que tinha grande diferença. Quando estava no auge do bom humor (ao vender uma boa safra de garrotes, por exemplo), meu pai fazia gemada. Enquanto batia os ovos, contava histórias.

Essa era a nossa preferida: sua maior aventura foi ter sido carregado por uma onça-pintada, a maior de que se tem notícia. Só podia mesmo ser muito grande para conseguir arrastar um homem daquela altura pelo meio da mata. Se fingiu de morto, mal respirava achando que dessa vez sua vida tinha acabado. Quando ele se deu conta de estar acordado do seu sono, já estava sendo levado pelo bicho. Respirava o menos possível, mas achando que dessa vez sua vida tinha fim certo. Foi largado diante de uma pedreira, com a fera observando-o o tempo todo, cheirando-o do pé à cabeça. Mas ela subiu numa das pedras e ficou admirando a noite de lua cheia. O luar estava tão claro que iluminava a natureza quase como a luz do dia. O tempo passava e a onça parecia deslumbrada com a beleza da noite, esquecida de sua presa. Então apareceram os filhotes, que passaram a fazer brincadeiras na barriga e no rabo da fera. Foram os minutos mais longos da vida de meu pai. Entretida com os filhos, a onça não se preocupava com sua caça. Foi aí que meu pai, quase paralisado pelo medo, mas empenhado em salvar a vida, se levantou para amarrar no rabo dela um sininho que sempre carregava no bolso da calça quando ia para a mata fechada. Como continuava ali, em segurança, mesmo depois de toda essa aventura, a gente não sabe. Deu um nó com toda a suavidade permitida a um fazendeiro de modos rústicos, acostumado a lidar com os animais. A onça, talvez achando que se tratava de um dos seus filhotes fazendo cócegas, não percebeu nada. Quando ela foi mexer o rabo e o sino começou a fazer barulho, a bicha, feroz, partiu como uma louca para o meio do mato, urrando. Com um joelho rasgado — "tenho a marca até hoje" —, dois ou três dedos feridos, corte na testa e sangue por todos os lados, meu pai juntou as últimas forças e foi se arrastando pela escuridão. Ali, as árvores altas não deixavam a luz penetrar. No meio da narrativa eu pedia pra ver as cicatrizes, que certamente não existiam. Mas eu as via: sofria, chorava, perdia o sono. Olhava para meu pai e pensava: ele está aqui.

Nós todos ficávamos em volta dele. Sempre prometia que um dia nos contaria a história do homem de uma gravata só, usada no casamento e nunca mais, se livrando dela no dia seguinte. O homem só podia ser ele; até nós tão pequenos achávamos isso. Uma gravata e dois pares de botas, nunca mais do que isso. Ganhou de minha mãe o apelido de Homem Mulambo. Seu figurino não mudava muito: calças de pregas com camisas largas de mangas arregaçadas, quase todas brancas ou cáqui (cor de folha seca, como preferia). Nunca suportou a ideia de ter dois figurinos, o rural e o urbano, mas fazia isso para agradar minha mãe.

Vivia sempre vestido com seus casacos velhos dos anos anteriores, gostava assim. "Uma pessoa que não compra nem casaco vai construir lareira?", dizia ela. Um dia, algum parente o presenteou com um casaco trazido de viagem. Quando lhe deram uma ideia do preço, sabe-se lá como, passou o presente adiante na cidade, afirmando que jamais usaria uma roupa daquelas: "O meio não permite", esclareceu.

44.

À medida que eu ia passando de ano na escola, ia estudar em outra cidade maior na casa de outra tia, eram várias. Não sei quando deixei de ser criança e com qual delas eu morava. Sei que algum traço cada uma ia deixando em mim. Chegou a vez da casa da tia carioca. Era o Rio de Janeiro. Quando cheguei naquele andar alto e avistei a avenida Atlântica, pensei: vou ver o mar todo dia. Fiquei calada, não queria falar meus pensamentos. Com o corpo na janela, olhei para a frente e, nesse momento, lembrei da imensidão da fazenda e da ação da terra, pela visão de minha mãe: "A terra vai agindo em resposta às nossas atitudes: pra gente ruim, uma hora ela vomita o que está de acordo com os pensamentos; pra gente boa, ela vai engolindo aquilo que pode atrapalhar." Quis que comigo fosse assim. Sem certeza! Como uma criança desprotegida, chorei, sem pai e sem mãe. Ao mesmo tempo veio uma curiosidade do que seria a vida deixando pra trás as tias opressoras (essa era a tia Vivi, e parecia diferente), a infância sob leis, com medo das reações do amanhecer ao anoitecer — os temores do que existia na terra e ameaçada pelos castigos do céu. Eu, aprisionada pelas ideias e preconceitos, julgada por qualquer olhar ou palavra, lembrava também dos ataques de fúria de minha mãe, muitos deles com choro e música alta "pra ter liberdade de soluçar o tanto que eu quiser". Sempre passava todos os dias pela minha cabeça ir embora da revolta de meu pai, da bebida de minha mãe, dos julgamentos de minha avó e de todos os tipos de tias que houvesse no mundo. Lembrar da família autoritária trazia alguma certeza de que não queria mais voltar pra trás. Agora surgia essa nova tia.

O bucólico da fazenda ia ficando turbulento. Que tanto sentimento contraditório era esse? O tempo de pedir ao meu pai pra pegar uma estrela no céu pra mim se afastava; agora, ao olhá-las, sentia outros desejos, não sei quais, mas sei que eram outros.

Ninguém nem desconfiava. Vi o céu bem limpo do outono e pedi ao alto pra me ajudar. Dali em diante as estrelas não pareciam tão perto, a lua, menos ainda. O sol e o mar sugeriam outras possibilidades, o oposto da fazenda. Fiquei ali na janela, deixando a brisa passar pelo meu rosto.

45.

De novo, sentia-me imposta à vida de outra pessoa, a quem eu mal conhecia. Ela era viúva, irmã de minha avó. Vidas completamente diferentes; pelos casamentos, viraram pessoas distantes e antagônicas. Eu e minha nova tia só nos tínhamos visto uma vez, quando eu era criança. Logo nos primeiros dias, à mesa, falei sobre algumas passagens na fazenda, e ela ensinou: "Pra que falar as coisas com tanta verdade, minha filha? Controle suas emoções. Existem as normas do bem viver", e me recomendou sempre pensar antes de dizer, frisando que, para uma adolescente, ainda dava tempo de aprender esses "manejos sociais". Na minha cabeça, concluí que minha avó tinha opiniões mais valentes e menos polidas. Lembrei-me também da madrinha Lilita, irmã de ambas, falando que ouro e brilhante eram uma coisa; bom gosto era outra. E falava das ricas que pareciam ricas — na visão de meu pai, uma classe específica formada por gente tola. Talvez por isso, minha mãe explicava que ele era um tipo de afetado ao contrário — se fosse obrigado a ser assim, com essa humildade toda, não iria querer. Só agia dessa maneira porque achava que isso engrandecia: "Mas ele não fica com esses sentimentos pra si, tem sempre a necessidade insuportável de dar seu ponto de vista."

Lembrei também que minha mãe estava sempre pedindo aos santos amor, dinheiro e certeza. Amor e certeza, não sei, mas dinheiro, minha tia e as amigas tinham de sobra. Uma delas nos convidou para uns dias em sua casa de Biarritz, lugar adorado por ela. Eu quis saber onde ficava; jamais tinha ouvido falar no balneário francês, o que a deixou chocada, dizendo apenas: "Ahn, você não sabe?"

Minutos depois, perguntou o que eu mais gostava de fazer na fazenda. Pegou-me desprevenida, e eu respondi que era cantar. Sempre achei que cantasse bem pelos falsos elogios paternos. Pediram que eu mostrasse canções locais. Comecei um pouco tímida e insegura por alguns minutos, mas depois embalei: "Olê, mulher rendeira! Olê, mulher rendá! / Tu me ensina a fazer renda / Que eu te ensino a namorar", virei quase uma atração entre as senhoras elegantes. Bateram palmas, por educação, imagino. Cantei mais: "Mandacaru quando fulora na seca/ É sinal que a chuva chega no sertão / Toda menina que enjoa da boneca / É sinal de que o amor já chegou no coração." Quando veio o refrão "Ela só quer, só pensa em namorar", algumas delas já cantavam comigo. E aquela que amava a França adorou mais que todas, enquanto falava carinhosa: "Meu bebê, meu bebê." Compaixão talvez? Me animei e contei histórias e histórias, ignorando o conselho de minha tia.

A mais impressionante para elas foi saber que, à medida que eu crescia, passava minhas roupas para minha irmã menor, que passava à seguinte. E tinha de tratar os livros muito bem, sem nem rabiscar meu nome, para o próximo dono não receber um lixo, dizia minha mãe. Pediram que eu falasse mais de minha mãe. Eu disse que acreditava tanto nos santos quanto em feiticeiras, chegando a sonhar com elas, "para aliviar a mesquinharia do cotidiano"; que tinha o impulso do amor (repetindo seu Zé Gamela); que usava as sabedorias populares para atendê-la, e narrei detalhadamente como conseguia sempre uma em proveito próprio: "Boa romaria faz quem de sua casa não sai"; no dia seguinte, tudo poderia mudar para "Cobra que não anda, não engole sapo". A depender do rumo das coisas, dizia: "O bom cabrito não berra" ou "Por falta de grito se perde uma boiada".

Expliquei que seu Zé Gamela era nosso amigo, tinha mais de cem livros, mesmo sem ter direito onde guardar. Quando chovia forte, escondia os livros de Câmara Cascudo embaixo dos travesseiros, por medo de molhar algum. Nunca tinham ouvido falar; que grande decepção senti. Seu Zé falava que foi com Câmara Cascudo que ele aprendeu que lobisomem não senta e que Saci Pererê tem uma perna só, mas nunca para. Existia tanto curiosidade quanto decepção de ambas as partes, mas pareciam se deleitar com minha vida, e eu, com a delas. Quanto à minha tia, cheguei a perceber alguma vergonha, talvez vencida depois. Dona Santa, se ali estivesse, perguntaria se ela estava entojada. Quando fui pro meu quarto, chorei — não pelo possível constrangimento, mas de saudade de minha mãe, que tinha me ensinado a cantar.

46.

Na fazenda, eu era da cidade; na cidade, eu era da fazenda. Uma eterna deslocada, sempre na contramão. Uma metade minha vivia num lugar; a outra, em outro. Qual delas esperava por mim? Eis-me onde? E o que eu ia fazer sem as adoradas galinhas-d'angola, o cheiro dos cavalos, sem beija-flor, sem coruja, sem passarinho, sem o meu horizonte, sem as minhas cachoeiras? Não sabia, só tinha certeza que precisava descobrir. E a pedra grande, branca e gelada no meio da mata, que quando a gente deitava em cima curava qualquer mal? Não saber mais se minha mãe bebeu ou chorou, isso era bom; não ter mais rio pra jogar pedrinhas, isso era ruim; não assistir mais aos embates de pai e mãe, isso era bom. Muita coisa ficava pra trás, até minhas pescarias, mesmo sem jamais conseguir pegar qualquer peixe. No dia em que pesquei um bagre grande fiquei tão nervosa, mexi tanto o anzol pra lá e pra cá, aos gritos, que ele escapuliu. Foi quando minha derrota virou vitória: "Você devolveu a ele a liberdade", disse alguém. E minha mãe falou que sempre no fundo do rio alguém sentiria amor por mim. Sim, seria amada, nem que fosse por um bagre.

Dias depois, lembrando do pé-direito tão alto, telhado aparente, tranca de ferro das portas da casa da fazenda, nadava no mar de Copacabana e pedi que a água lavasse e carregasse tudo. Nadei, nadei e achei que uma vida nova estivesse ao meu alcance, fiquei meio distante da praia e deixei a água passar pelo meu corpo, depois de tirar o biquíni, lembrando daquela mulher na fazenda; desejei que o meu tempo fosse diferente do dela, que eu nunca soube no que deu — tirei esse pensamento da frente. Me senti de alguma maneira unida à natureza, pela primeira vez pela água; antes, pela terra. Lá eu tinha meu chão, aqui tinha meu mar. Eu poderia parecer insegura de tudo, os dramas, as dúvidas, os medos, eu tinha lá e cá. O Rio poderia ser uma salvação, eu jamais tinha botado os pés ali, mas, por inesperado que fosse, as imagens tão famosas e surpreendentes para qualquer turista pareciam minhas velhas conhecidas, como qualquer cena infantil. Veio à minha cabeça a minha mãe no fogão atiçando o fogo com força. Aquela lenha queimava, queimava, depois a fúria das labaredas ia diminuindo e se acalmando sozinha. Em seguida, tudo aparentava tranquilidade, mas as brasas estavam bem acesas ali dentro — era eu agora no azul do mar. Mas até nessa hora tive dúvidas, não sabia exatamente quais — talvez fosse passar o tempo perseguida pelo passado e nem sombra de saída para o meu desamparo.

Mesmo sem ouvir o sabiá, a araponga, o anum, o bem-te-vi, a mexeriqueira, a rolinha cantar ou pousar na janela, tinha cada vez mais intimidade com o cotidiano. Aquela vida nova que surgiria talvez fosse o ideal para a minha mãe; pra mim, nunca tive certeza. Mas mesmo entre saudades, paisagens e embaraços, eu também me reconhecia na nova cidade.

47.

A bebida de minha mãe ali talvez fosse tratada com mais complacência. A vida na capital poderia ser mais fácil pra ela. Uma carioca amiga da família de minha tia nos contou a todos, sem fazer segredo, que quando seu marido viajava a empregada já levava uma minigarrafa de champanhe na bandeja do café da manhã, pra beber de canudinho, pela ação mais rápida na cabeça. E quando ele voltava das viagens, ela escolhia o gim, porque não deixava cheiro na boca. "Quem paga tudo sou eu, por que ele sempre quer atrapalhar os meus prazeres?" Todo mundo achava isso muito divertido. Os vícios e pecados não passavam despercebidos, mas tinham pesos diferentes, eram tratados com mais leveza, mais bem aceitos, as pessoas pareciam menos atormentadas também. Logo percebi que sendo ou não daquele que eu julgava ser o "alto mundo", ser dissimulado talvez fosse um traço comum, tanto no rural quanto no urbano.

48.

Vendo as amigas de minha tia, com quem eu ainda não tinha intimidade, lembrava-me da prima que a comadre de minha mãe levou à nossa fazenda. Mulher diferente das outras: joias, chapéu, pele perfeita, voz contida. Sentou-se logo numa velha cadeira de palhinha trançada, de espaldar alto, que a qualquer momento poderia desabar. Minha mãe notou, mas não disse as frases que costumava repetir: "Essa cadeira anda perigosa" ou "Essa cadeira está nas últimas". Foi como se tivesse passado despercebido. Poucos minutos depois da chegada, perguntou à minha mãe qual lugar ela mais gostava no mundo, falando de suas preferências. Minha mãe sorriu e respondeu: "Esses lugares nem sei onde ficam. O que mais gosto é fácil: é uma boa farmácia; se tem farmácia, qualquer lugar tá bom pra mim." A visitante não entendeu muito, enquanto minha mãe explicou que, ao chegar às farmácias, agradecia a Deus as caixinhas milagrosas, quase como se fossem santos. Os inventores daquilo mereciam todos os prêmios do mundo. Tinha até vontade de comprar alguns "além da precisão" por solidariedade ao inventor. E disse que sabia não existir remédio pra curar algumas feridas, fundas e grandes, aquelas que machucavam mais do que coice de mula parida, mas para todas as outras tinha jeito.

Em seguida, foram trazidos coalhada com melado, arroz-doce com canela, cuscuz de tapioca e pastel de queijo coalho, acompanhados de uma jarra de suco de manga — o suco, rejeitou, evitava açúcar, tinha medo de engordar, preferia água de coco. Quis provar os pastéis, minha mãe pediu que fossem servidos numa tigelinha de barro feita na região: "Pra ela conhecer um pouco do que tem aqui." A visitante falou numa língua que não conhecíamos. A comadre respondeu da mesma forma, completando depois, como que em desacordo. Rindo discretamente, ainda disse: "Não seja pernóstica. Assim você me deixa escabreada." Sem ligar muito, mas talvez se sentindo barrada, minha mãe sorriu e perguntou se ela achava que a gente era de interesse até do mundo civilizado, imaginando coisas. Antes de gargalhar, completou: "Ave-Maria!", tentando não dar muito cartaz. Nessa hora, passavam ali na frente dois homens com enxadas nas costas. Um disse ao outro: "Quelemente, essa deve ser doutora formada." Iam limpar a horta, com hortelã, cidreira, agrião, salsa, alface e muita pimenta. Ao avistá-los, minha mãe falou: "Cuida das minhas pimentas antes de tudo", virando-se para a mulher: "Quer ir ver afofar a terra?" Esclareceu que ali não tinha muita coisa pra uma pessoa como ela fazer. A maior mudança só se fosse no formato das nuvens ou um bezerro enganchado na hora do parto. Neste momento, um casal de sofrês quase pousou no balaústre, e cantou, e cantou. Pra nós, a cena mais comum do mundo; pra ela, chamou atenção talvez pela beleza das aves. "Aqui tem carrapato, mas também tem gorjeio", minha mãe falou. Esse foi um grande elogio de uma mulher de espírito urbano que foi viver no campo.

Enquanto isso, meu pai chegou contando histórias e já falando que tudo na vida vale mais que a ignorância, até estrume velho e seco. Certamente falava de si — não perdia a oportunidade de se depreciar. Uma coisa deixou perplexidade no ar: ela não comia carne, para não matarem os animais. "Vixe! Danou-se", alguém falou. Entre nós não existia isso. Todo mundo ficou abismado, aquela quase impossível maneira de viver nos trouxe uma enorme curiosidade.

Antes de irem embora, minha mãe recomendou à sua comadre levar a turista à feira para ver os repentistas, pra ela saber o que era cordel. E falou: "Manda cantar aquela que fala 'de mim, ele só tirou o direito de ter um amor'." No que partiram, meu pai observou de novo: "Que mulher lapidada!" Ele, de vez em quando, falava palavras que não conhecíamos, talvez nem ele soubesse direito, era como se viessem de passagem do além. E frisou que era uma mulher de linhagem, mas o comentário não pareceu aborrecer minha mãe, apesar do olhar de admiração dele. E minha mãe: "Ah, ela vive sem comer carne, por que você não perguntou como consegue usar bolsa de couro de bezerro?" Meu pai repetiu que, muitas vezes, era melhor tratar a sinceridade como uma rara iguaria, a ser dividida com poucos.

Antes da saída, ao ver as dezenas de cabras passarem ali na frente, a moça fina quis saber: "Na seca, os animais morrem mesmo, ou é lenda?"

49.

Lenda? Seca era comum, seca violenta, não, mas acontecia. E a vida ficava tão diferente de quando dava pra ouvir o capinzal uivar. Ao passarmos na estrada, sob o sol inclemente, ia aparecendo a carcaça do gado que morria de sede, aqueles ossos demoravam a sumir de vez na terra. Nessas épocas, tudo para o meu pai ficava insignificante, era atingido demais, era difícil ele se alegrar com qualquer outra coisa. "A terra seca bate no peito do homem e da mulher, do rico e do pobre, do bêbado e do sóbrio", dizia. E falava que aquilo era o cortejo do horror. Uma época resolveu fazer um apelo a outros fazendeiros para mandar tirar as ossadas que estivessem próximas das estradas: "Nem o diabo gosta de ver isso." Só uma fazendeira mulher, viúva, concordou com ele. De tempos em tempos vivíamos essas cenas da desilusão da seca. "É a fase da falta:

falta a chuva e por isso falta a água e por isso falta o capim e por isso falta o leite e por isso falta a vida. Sobra esqueleto", dizia, trazendo desalento pra dentro do nosso jipão velho. Mesmo quando a chuva voltava, e o capim começava a brotar, muita ossada continuava à nossa vista. Passávamos por paisagens bonitas, principalmente aquelas distantes, mas meu pai só notava as ossadas. Não era tristeza passageira. Aquilo perdurava. "Só Deus sabe onde anda essa chuva." E um capineiro, que passava muitos meses sem ter o que fazer, perguntou se ele acreditava mesmo em Deus. "Oxente, uma realidade dessa faz a gente acreditar até por necessidade — ou como é que dá pra suportar isso?" E o rapaz respondeu: "Ou Deus gosta daquilo que faz doer na gente?" Meu pai nunca foi de ficar aos pés dos santos, como minha mãe. Nunca. Mas, por mais cético que fosse, nessas fases fazia mais reverência, nem que com o olhar, para a estátua de Santo Antônio que tinha do lado de fora da nossa casa em tamanho natural, e que passava por secas e enchentes sem mudar a fisionomia. "Meu São Pedro, manda a chuva pra acalmar esse homem", minha mãe pedia com voz de promessa. Ele esclarecia: "Chuva de açoite, que não molha direito a terra, não me interessa."

Fora do tempo da seca nada passava ao largo, meu pai parava o carro, quase sempre em marcha lenta, pra ver um cavalo bonito, um pangaré, um reprodutor pelo qual alguém tinha pagado muito dinheiro, parava também quando algum trabalhador fazia sinal pra embarcar.

E conversava com alegria, sempre assunto nosso. Podia ser de manga-larga, de nelore, da vida dos outros, mas também podia ser de passarinho, de fruta na estrada, de político ladrão, tudo filho da puta. Naquele dia, quando seu Teobaldo desceu do carro, meu pai falou: "E como com seca ou sem seca nossa vida continua, tô lhe esperando amanhã." No tempo da terra partida, ele nem notava muita coisa do lado de fora. O sol a pino e a terra seca sempre traziam uma ação no comportamento dele. Muito além do prejuízo financeiro — aquilo era dor autêntica!

Tudo passava, mas não passava — ficava em nós.

50.

Comecei a estudar. Logo que entrei na faculdade, conheci esse namorado, o autor da gravidez. Eu me sentia dividida. A paixão foi irresistível. Foi o primeiro homem a tocar os meus seios, depois de me beijar, num momento inesperado, com o meu espírito ainda desarmado. Foi com tanto carinho e suavidade, que nem pareciam os mesmos peitos de agora, inchados pela ex-recente gravidez. Chegávamos de um restaurante; depois de entrar na garagem do prédio, ele inclinou o banco do carro e começou a acariciar meu cabelo, meu rosto, minha mão, meu braço, minha perna, roçando no vestido fluido pra lá e pra cá. Quando vi, alisava meu corpo inteiro, e, de minha parte, esqueci a agonia de me defender que conhecia até aquele instante, esqueci a discórdia física que tinha com os inocentes namorados, até aquela data. Achei que esse não era bonito só na superfície. Desde então, os encontros eram diários, depois das aulas. Com clima de apaixonada, a cidade foi entrando na minha vida, apesar de o rural nunca sair.

O Rio era também o mundo do vaivém de elogios. Diferente dos meus primeiros anos. Não falar de si mesmo o que só fica bem ser dito pelos outros — era o que meu pai defendia a vida toda. Quando os estranhos nos elogiavam, ele dava um jeito de tentar negar o elogio, sem ao menos dizer "obrigado", nos seus excessos de modéstia tão frequentes. Sempre comentava achar feio suas irmãs enaltecerem as qualidades dos próprios filhos, e dizia: "Dos meus não posso dizer o mesmo", quase nos menosprezando, fazendo aquilo como se fosse uma lição para elas, o que não adiantava nada. Éramos duplamente desqualificados: primeiro por não recebermos os elogios dele próprio; segundo, por ele disfarçar os elogios que recebíamos. Porém, quando qualquer pessoa de fora da família falava bem de nós, dava pra perceber algum orgulho em seu olhar, desmentindo as palavras. Nunca deixava de responder aos estranhos: "Generosidade sua." Nunca entendi por que achava que, nos subestimando, agradaria aos outros. Que intenção estaria atrás disso? Ou preferia que ninguém apontasse as virtudes nos filhos para que não nos acomodássemos? No que a visita partia, tentava se explicar, com jeito de incompreendido, talvez para salvar nosso amor-próprio, se ainda restava. Como um cachorrinho à espera de comida, eu sonhava com o dia em que receberia qualquer sobra de elogio de meu pai. Mesmo quando tentava engrandecer um ou outro traço nosso, eu imaginava que era para compensar o estrago; todo o tempo me julgava uma imerecida. Faltava ternura em seus gestos, às vezes generosos com as plantas e bichos, até com as cobras-corais, das quais elogiava o colorido.

51.

Depois do aborto, sem o desejo de fazê-lo, mas de acordo que o fizessem, achava que eu estaria preparada pra tudo, que eu era muito mais forte que antes. Não. Não era. E não conhecia ainda a maior de todas as dores. Recebi o telefonema sobre o infarto de minha mãe. Numa espécie de vertigem, toda a nossa vida, minha e dela, voltou como numa reação química. Nesse pesadelo, comecei a gritar incontrolada, sem conseguir falar nada que fizesse algum sentido. Vieram todas as contas do passado. De repente. Veio a mim tudo o que fiz e o que não fiz, como numa alucinação. Desejava pedir desculpas à minha mãe, mesmo sem saber por quê, era como se a culpa pela sua morte fosse minha. O que faria com a nossa não convivência? Foi tanto o que não vivemos. Aquilo que sentia devia ser o que chamavam de remorso. Sabia que o antes e o depois daquela data seriam eternos, tão eternos quanto minha mãe achava que era a sua vida. Só passava pela sua cabeça a morte dos outros. Lembrei dela a perguntar a qualquer um: "Qual a sua missão aqui?" Quase ninguém tinha a resposta. E quando lhe devolviam a pergunta, dizia: "A minha deve ser a de ter muitos filhos, espero ver o resultado através deles — do que vão fazer na vida." Não viu.

Naquele momento, frases dela me vieram à cabeça: "Por que todo mundo tem um buraco na vida? Por que todo mundo tem um vazio no peito? Por que lembrar de alguns olhares que não tenho mais por perto?" E num dia, quando ela acordou depois de beber-até-morrer, ao reparar no meu olhar hostil: "Só me julga se for com o coração." E me lembrei, em contraste, de meu pai dizer que ela era mulher mais amarga que mandioca-braba. A amargura nunca imaginada talvez chegasse de vez. O que seria dele agora?

Parti pra fazenda! No avião, meus músculos começaram a doer. Era como se o som da voz de minha mãe chegasse aos meus ouvidos dizendo frases de amor ou ódio, quando acordava para o confronto, sem saber quem venceria, amaciando no correr do dia. Seu estado de espírito era sorrir ou chorar sempre com intensidade, passava de um a outro em segundos, a alternância de prazer e dor era sempre pelo passado. Viver pra ela significava sofrimento e álcool, às vezes com gargalhadas nos intervalos. Tudo piorou quando veio à minha cabeça, de novo, tanta convivência que poderia ter tido com minha mãe, pra isso não tinha mais jeito. Me senti de novo culpada, mas, apesar de querer evitar dividir essa culpa com ela, foi o que fiz, não com ela exatamente, mas com o seu vício. Eu e meus irmãos morávamos com uma e outra tia pela sua falta de comando sobre si e sobre nós, os filhos? A vergonha que eu sentia nos afastava também.

Nesse desalento, passei a ver cenas desencontradas, como a de quando eu, criança, achava que a morte era provisória. Quando aconteciam problemas "físicos" com as minhas bonecas, eu me desesperava — fosse um braço quebrado, um cabelo queimado, um olho afundado, um nariz amassado. Eu tentava socorrê-las, mas muitas vezes elas "morriam". Era preparado o cenário para o velório, com datas escolhidas de acordo com as ausências de minha mãe. Antes do dia oficial da morte, eu não conversava com elas nem olhava em seus olhos. Até então, a morte era um refúgio, lição, castigo ou salvação, com a certeza do retorno. E, para o enterro, convidava as filhas dos trabalhadores. Algumas chegavam a chorar de verdade, de luto pela perda. Muitas tinham pressa, já que depois das orações tinha merenda com doce de coco, biscoito de goma, bolo de puba, aipim com carne de sol, água de coco, suco. Os enterros viravam festas com a minha certeza de que a morte era transitória. As bonecas ficavam enterradas por pouco tempo. Um dia minha mãe perguntou por uma delas, a minha única Susi, dada pela madrinha Lilita, por ser uma boneca mais cara, diferente da maioria. Quando disse que ela tinha morrido, fui ameaçada de castigo se não desse conta. Dessa vez, tinha perdido o local da cova, como iria desenterrar?

A morte de verdade era tão diferente. Para mim foi como uma entrada no abismo; para minha mãe era como um passaporte para o paraíso — ao falar da morte alheia.

Essa era apenas mais uma de tantas lembranças.

52.

Minha mãe não era feliz, mas era alegre, tinha um dom, um tesouro, um talento que não sei definir. Ao vê-la no caixão, lembrei de sua risada alta e espontânea. Lembrei que, numa das poucas vezes em que a vira vestida para uma festa, seu vestido era cor-de-rosa. Por que agora tinham escolhido um terno? Ela nunca usou terno. Na morte, fazem da gente o que querem — que importância tem? Na ausência de minha mãe me dei conta de sua presença em toda a minha vida. No começo, resisti a olhar seu corpo, pensando que seria melhor guardar sua imagem viva. Comentei com meu pai, que me disse: "Você deve olhar, pra não se arrepender depois." Olhei, olhei, olhei longamente, mas não toquei, não cheirei, não beijei e não abracei minha mãe, que sempre abraçava tão apertado e sincero. Temi seu cheiro, tão bom em vida. Não sei definir, além da dor, o que senti. Temi nunca mais esquecer o cheiro da morte. Nesse momento, escorreu uma gota de suor da sua testa, no calor nordestino de novembro. Pensei numa lágrima. O que a faria chorar agora? As pessoas alegres quando vivas ficam tristes quando mortas?

53.

O corpo ali, tão quieto, contrastava com o barulho em volta. Barulho de velório é diferente: as pessoas querem falar, mas balbuciam; pensam muito, mas dizem pouco; cochicham as verdades, mas falam o que fica bem ser dito naquela hora. Respeitam mais o cadáver do que a pessoa quando viva, fazem cerimônia. Como se o dono do corpo estendido tivesse subido para outro nível. Queria olhar mais uma vez minha mãe, mas era impossível. Fiquei andando pela casa pra lá e pra cá sem muita noção do tempo. Quando entrei na cozinha, três mulheres cozinhavam: uma no fogão de cimento antigo e duas no fogão a gás. Lembrei de meu pai dizendo pra minha mãe: "Sua principal qualidade tem cheiro", falando do seu talento com a culinária tão perfumada quanto ela. Tudo me parecia meio desgovernado, sem dono. "A dor alheia deve dar fome", falei baixinho para uma de minhas irmãs. Em minha desorientação, uma senhora chorosa e afetuosa me abraçou, elogiando minha mãe: "Nenhuma fazenda aqui perto teve pessoa mais generosa." Ouvi enquanto pude, sua dor real e elogios verdadeiros mereciam mais de mim. Mesmo assim, me desabracei dela e continuei vagando pelos cômodos. Era parada de minuto em minuto. Desejei que a ventania que havia começado carregasse aquela gente toda dali, mas, bem ao contrário, o vento parecia trazer mais e mais pessoas. De repente, entrou uma senhorinha e fez o sinal da cruz na minha testa, dizendo: "Ela deve estar bem, morreu sem sofrimento." Sem sofrimento? Me livrei dela e cheguei ao quarto de minha mãe. Na parede, seu retrato muito jovem. Continuei ali, reparei mais uma vez no retrato de fundo azulado e percebi um olhar de futuro, talvez um futuro bem diferente do imaginado por ela a vida inteira. Na parede oposta, o quadro de uma santa. Sempre atribuiu um poder muito grande às imagens! Na mesinha em frente, um par de argolas, como que usado recentemente, e alguns perfumes. Abri o armário e veio o seu cheiro. Nisso, alguém começou a tocar "Ave Maria" do lado de fora, numa gaita, assim, por conta própria. Soou como um lamento. Era um garoto, amigo dos meus irmãos. Não vi mais nada. Desmaiei, soube depois. No sono inquieto, sonhei que minha mãe levantara do caixão, quase matando as pessoas de susto. Ela sempre avisava: "Se eu morrer (mas sem acreditar nisso), me enterrem numa cova rasa, porque, se eu acordar, como aconteceu com um amigo achado de bruços anos depois no caixão, quero dar um chute forte e me levantar!"

Na volta da cerimônia — esse é um dos piores momentos para os que enterram uma pessoa amada —, me deram remédio, não consegui dormir; tampouco estava em minha consciência plena. Saí do quarto, sentei-me na rede já instalada de volta no balaústre. As redes eram sempre de uma cor só, por preferência de meu pai, que detestava as muito coloridas. Ele dormia nelas todos os dias depois do almoço. Não gostava de abrir os olhos e já se deparar com aquele mundo de listras de todas as cores: "Essas redes que vendem por aqui, nesses lugares atrasados, têm cor demais. Prefiro as fundas e de uma cor só. Não quero ver o 'arco-íris' falso e pequeno quando estou deitado." Preferia os verdadeiros. Enquanto eu me lembrava disso, na rede bege, no descontrole de pensamentos, cochilei. Fui assustada com alguém de andar barulhento. Observava os pés daqueles poucos que ainda voltaram pra nossa casa, mesmo depois do enterro. Naquela posição, eu só avistava o assoalho. Não imaginavam que a família precisaria ficar em paz? Vi homens de botas como as de meu pai; vi outros com sapatos urbanos; vi outros pés que imaginei serem de camponeses que lidavam com a terra; vi até um descalço, vi ainda outro e outro, um deles usando esporas — muitos vizinhos tinham vindo a cavalo. Nessa hora, meio dopada, meio lúcida, levantei a cabeça e perguntei: "O senhor fura a barriga dos cavalos?" Ele respondeu: "Não furo, não, tomo cuidado, animal preguiçoso é igual a gente velhaca, tem que fazer andar." Deitei de novo. Vi mais uma infinidade de perfis, só pelos pés. Vendo o superficial e com um vácuo profundo no espírito, pensei que tudo de minha mãe estava ali, menos ela. Ela criaria com a terra uma relação de amor, ninguém ou nada resistiria àquele sorriso lindo e espontâneo. Com isso na cabeça, adormeci. Acordei meio tonta, igual quando dona Zifina cantava cantigas de roda comigo. Ela me rodava tanto, que, quando me soltava, eu estava desorientada, algumas vezes caía de cara no chão. Um dia um graveto quase furou meu olho, ficando enfiado na pele. Mas por que eu me submetia àquilo? Talvez desde tão cedo tentasse sair da realidade, como minha mãe? Era comum ela falar pra dona Santa: "É muito difícil mudar a realidade, esse monstro em cima de mim, então eu tento sair dela."

Quando me levaram para o quarto, eu não conseguia dizer nada, sentia a língua pesar. Me instalaram exatamente na cama dela. Acordei sentindo o cheiro de minha mãe, pela última vez.

54.

Ao levantar, meu primeiro pensamento foi sobre nosso último encontro. Estávamos na fazenda e fazia um belo dia de outono, quando perguntei: "Mãe, posso fazer uma foto sua?" Ela usava um vestido estampado em amarelo e azul, bem de camponesa mesmo, sem muitos adereços. Pensei em oferecer trocar os meus pequenos brincos de diamantes pelos dela, em ouro amarelo, só para aquele instante. Voltei toda a minha atenção para a foto. Em dois ou três segundos achei que, de alguma maneira, tudo ali ficava bem, como a beleza da natureza ao redor. Pela simplicidade, principalmente. Alguns raios de sol apareciam entre os pés de laranja, carregados da fruta. As folhas das árvores faziam um barulhinho suave e conhecido, com a passagem do vento. Ela sempre dizia que o som da ventania suave no laranjal era diferente do que fazia nos pés de buganvília ou nos coqueiros, sem saber sua preferência.

Seu cabelo, quase sempre curto e cacheado, não estava bonito: "Usa esse chapéu que está ao seu lado." Ela teve dúvidas, perguntou se realmente seria preciso: "Já sei, meu cabelo está horrível." Minha mãe sempre colocava defeitos em si mesma, achando que caberia aos outros desmenti-los e trocá-los por elogios. E, quando isso acontecia, ela ficava muito feliz. Elogio e água sempre tiveram mais ou menos a mesma importância em sua vida. Eram quase uma razão de sobrevivência. Depois de dar atenção a tantos detalhes, talvez desnecessários, fiz as fotos. Quando as olhamos na tela da câmera, rimos muito.

Chegou a hora de voltar para a cidade, e, ao nos despedirmos, com a espontaneidade que tinha para pedir qualquer coisa a qualquer um, ela disse: "Manda logo o meu retrato." No avião, reparei em cada particularidade das fotos, descobri um olhar enigmático, indefinido, indecifrável. Tudo que aqueles olhos demonstravam eram o oposto do que minha mãe era na vida: transparente, clara, espontânea.

Percebi que a cena tinha sido daquelas que, quando acontecem, a gente não nota sua importância, que vai surgindo aos poucos, se redimensionando. Como algo tão banal entre mãe e filha vai mudando assim? Cada vez que ela voltava à minha cabeça, parecia maior, ampliada. Ampliei também o tamanho das fotos. A luz da manhã, registrada ali ao fundo, estava começando, e a vida dela terminando. A morte estava a caminho. Ou, como visita tão indesejada, já estaria espreitando nosso momento particular? Quem sabe até rindo das nossas bobagens. Não, a morte nunca ri. Mas o que isso interessa agora?

55.

Quando visitei pela primeira vez o túmulo de minha mãe, lembrei-me imediatamente de uma cena, a última de todas, em que ela disse com o olhar desesperado e suplicante: "Eu não quero morrer, eu não quero morrer." E, no entanto, agora tudo estava exatamente o oposto de tanta aflição: tão calmo, tão sereno, tão tranquilo; ali, "sete palmos embaixo do chão". Uma brisa bem suave passou, fazendo um barulhinho quase imperceptível no contato com o capim alto. Posso até jurar que senti um perfume, meu velho conhecido. E a fragrância se manteve naquele ar nem frio nem quente por algum tempo. Me arrepiei e de novo lembrei dela, dizendo em alguns momentos: "Me arrepiei do pé à cabeça." Cheguei até a visualizar sua mão apontando de baixo pra cima com o indicador. Meu cavalo ali parado, que na verdade era o preferido dela, relinchou com o cheiro — só pode ter sido por isso. O que, ali, o faria relinchar? O pio das corujas não podia ser, os bois por perto também não, não avistei nenhuma égua que pudesse fazê-lo manifestar-se. Quem sabe o quanto os momentos de dor nos trazem sensações absurdas? Se eu pudesse, faria o impossível para vê-la, ainda que imóvel, nem que fosse por um segundo. Certamente, ela diria: "Você ficou doida?" Vendo que o sol dali a pouco estaria se escondendo na mata, resolvi partir. Pra mim, a noite chegava e partia, chegava e partia. Para minha mãe a noite seria para sempre? Não ouvi qualquer resposta.

56.

Sete dias depois do enterro, voltei para o Rio e para a faculdade, mas não consegui retomar a vida: não comia, não bebia, não dormia, não sorria; saí de mim, sem aceitar a morte.

Passei algum tempo longe de meu namorado, vivendo nesse "outro mundo". E quando voltamos a nos ver, tudo virou novo outra vez, até o fim de algum tempo, que não sei precisar. Ele trouxe consigo um hálito inconfundível, gripe contida e um olhar vazio, intolerável para mim e diferente do que ele era até ali. Em pouco tempo descobri, e passamos a brigar muito pelo mesmo motivo, quando eu tentava tirá-lo da droga e ele me cortejava a entrar. Eu sofria cada dia mais. Ele, por sua vez, insistia que meus temores eram descabidos. Era cheirador de fim de semana, às vezes saía com amigos e iam até de manhã, quando não emendavam uma noite na outra. Entendiam-se muito bem nessa espécie de sociedade secreta em que todos se comunicam até por gestos. A substância é a liga. Aquela "onda" cria um elo, vínculo que não acaba, laço que não desata, cumplicidade que não desmancha; e, no caso do pó, muita troca de confidências, quando todo mundo quer se fazer ouvir, embora haja os que ficam praticamente mudos. Não é difícil perceber a energia que invade o ambiente com os amigos-do-pó, um tipo de clube com sócios de energia baixa, interessados em mais e mais, as pessoas se perdem das suas essências, a substância em si já chega carregada. Ao fim de uma noitada dessas, aparece uma fragilidade com jeito de incurável.

O resto da droga no fim da noite nem poderia ser chamado de resto; é o mais valorizado, o que todo mundo deseja. Ao término de uma noitada, ninguém quer desperdiçar nada, nem a alegria, nem a amargura, pouco importando que é tudo passageiro — e quem quer pensar nisso? —, àquela altura tudo já misturado na desordem de sentimentos e de vozes. A derradeira "linha" tem grande valor, muita gente a trocaria por qualquer coisa — há até intenções de compras ou vendas por aquela carreirinha que vai trazer o prazer efêmero. Mas tem aquele que limpa a superfície e passa o dedo na gengiva, com uma pequena sobra que talvez nem exista. Alguns ficam sentimentalizando a droga, tentando explicar coisas pra si mesmos, mas em voz alta; outros, oferecendo mundos e fundos na hora da fissura. Ao fim de um tempo, numa relação assim, ou um sai, ou o outro entra.

Eu entrei.

57.

Uma noite ele disse que sabia como ajudar com a minha tristeza — me ensinaria a cheirar. A frase trouxe uma energia, um significado particular. "Cheirar", no metafórico, devolvia a mim o conforto da cama de meu pai e de minha mãe. Ainda criança, eu me deitava na cama dos dois e percebia imediatamente a diferença entre os travesseiros: achava aquela a melhor das fragrâncias. Desde essa época, imaginava o perfil de uma pessoa apenas pelo cheiro dela. E não era raro alguém na fazenda dizer: "Essa é igual a um perdigueiro." Então me pareceu um convite de amor. Lembrei de minha família. Lembrei apenas porque não controlamos pensamentos, talvez fosse uma autocretinice, sabia muito bem a que ele se referia. Chegamos ao apartamento em Ipanema. Ele tirou o pó branco de um saquinho, pegou um prato, aqueceu, colocou ali a droga e, depois de separá-la com um cartão de crédito, fez as linhas formando meu nome; certamente aquilo pra ele significava uma homenagem. Perguntei, confusa: "E se eu não gostar do cheiro?" Não me referia à "onda" trazida pela droga, mas ao cheiro em si, que antecede a inspiração. Nervosismo. O olhar do meu "instrutor" mudava, tudo nele ficava bem diferente ao começar com o pó: a espontaneidade do sorriso sumia, tanto quanto o afeto e o encanto habituais. O efeito da cocaína chega antes, a gente ainda nem começou a usá-la e o corpo já reage, só de saber da sua presença. Cheirei. Passei pela primeira prova. Daí em diante, nem pensava mais no que antecedia os efeitos, as mudanças interiores, as possibilidades, a confiança, a euforia, a segurança, a sensação de poder, que estavam vindo. Até porque, aparentemente, tudo era muito verdadeiro.

Lembro que, depois de virar a noite cheirando sem parar, emborcando uísque e vodca, saímos pra comprar remédio pra dormir, naquele momento em que se aproxima o desespero, já em plena luz do dia. Do dia seguinte. Eu sentia um medo enorme só por ser olhada por alguém no trânsito. Achava que todas aquelas pessoas liam na minha testa a palavra "drogada", "drogada paranoica". Era sempre a despedida do "prazer" e a proximidade do perigo: cocaína seguida de bomba para dormir, sempre nessa ordem. Na porta da farmácia, no Leblon, havia uma patrulhinha estacionada. O pavor foi tal, que pensei que fosse morrer envenenada pela adrenalina. Baixou o desespero, o pânico, o nervosismo, enquanto pedia: "Não me deixa, não me deixa." Antes de começar a frase, meu namorado já tinha batido a porta do carro. Eu preferia não ir com ele. Ali, desmanchada, meus olhos arregalados acompanhando de longe seus passos, dentro da farmácia, de repente ouço dois toques no vidro. Seria uma cilada? Virei e vi o uniforme do policial. De branca que estava, nesse momento devo ter ficado mais pálida ainda, e senti o sangue sumir. Suor imediato nas mãos e muito pavor nos olhos. O nariz escorrendo poderia ser uma gripe, o queixo meio travado poderia ser o meu jeito. Mas como desmentir um olhar? Lembrei que estava de óculos escuros. Mas sem essa consciência. Enquanto tentava abrir o vidro com a mão trêmula, desconcertada, driblei o olhar do policial sob as lentes negras. Nesses poucos segundos em que preferia uma boa morte a passar por aquilo, voltei a ter pensamentos obsessivos, como me ver correndo e levando um tiro nas costas, gritando socorro. Me via caída no meio da rua e a minha expressão alucinada denunciando tudo à multidão que se formaria em volta. Consegui esboçar um sorriso travado e hipócrita antes de perguntar a mim mesma que cumprimento deveria dirigir-lhe: bom dia, boa tarde ou boa noite. Que horas eram, afinal? Então, o policial se virou para o meu namorado e avisou que ali era proibido estacionar.

E veio uma noitada em que saímos para andar no calçadão de Copacabana, completamente loucos. Eu com um figurino meio noturno, meio diurno — um moletom, uma blusa toda bordada com brilhos e um par de tênis dele, alguns números maiores que o meu pé. Depois de muito caminhar e muito falar — sem sair do lugar, nem no exercício, nem na conversa — voltamos pra casa e continuamos na noite longa e pesada. Reflexões descabidas, cansativas, repetitivas. Acabei tão mal, que não aguentava nem um segundo mais permanecer naquele estado. Tomei um comprimido para cortar o efeito, e outro, e mais outro. Nada. Fui levada por ele a uma clínica. O percurso foi enlouquecedor. Uma buzina se transformou em detonador de pânico, o sinal vermelho virou sangue, um pedestre qualquer, um inimigo. A cor da minha roupa, uma lembrança — a pior dentre todas. Quando chegamos, soro, seringa, injeção. Passada essa etapa de a cada momento ter que minimizar muitos detalhes para não me desesperar, medicamento na veia. Um segundo, uma esperança, uma expectativa e... nada. Por que demorava tanto? Ou um minuto naquele estado ganha outra dimensão? Eu esperava o efeito virando o rosto de um lado para o outro, de um lado para o outro, de um lado para o outro, até ferir a pele. E dizia: "Nunca mais, nunca mais." Todos falam isso, fazem juras, promessas, se enganam ou mentem para si mesmos. "Me faça dormir, me faça dormir, doutor", foi esta minha última lembrança verbalizada. Minha última vontade foi querer saber de Deus, da suavidade da vida. Minha última sensação foi de medo da luz do dia sem ter visto a noite passar. Pelo menos naquela clínica, o dia nunca chegava se o cliente quisesse. Nem tudo entre aquelas paredes brancas era frágil como eu: as cortinas, por exemplo, eram fortes.

A cocaína e o álcool (quase sempre juntos) mudam alguns sentimentos, aliviam outros e acentuam a maioria, como o ciúme, que me trouxe tantos transtornos, como numa das vezes em que fomos a uma festa. Na descida do carro, caiu um tubo no chão, que lembrava aqueles de amostra grátis de perfume. Automaticamente, me abaixei, peguei e lhe entreguei. Vi que era pó. Fiz de conta que não percebi. Naquele momento, não fui tomada por nenhum dos sintomas que aparecem quando alguém que cheira ou cheirou vê a droga, algo como uma excitação, inexplicável. Chegamos. Meu namorado não gostou quando um amigo nos cumprimentou de um jeito mais carinhoso, já meio fora de si fez comentários agressivos no meu ouvido. Cumprimentos, abraços. De repente, ele, já com o olhar diferente (depois de ter ido ao banheiro), falou coisas grosseiras. Tentei responder, não adiantou. Num rompante, me empurrou, fui atirada ao chão. Levantei o rosto e todos me olhavam com espanto. Ele correu para o elevador. Era como um filme na minha cabeça: a música alta, garçons passando, alguns bêbados, mulheres bonitas, brilhos, a luz da rua entrando pelos janelões de vidro. Por alguns segundos foi como se a vida se esfarelasse. Ah, se eu pudesse desaparecer de repente ou fazer todos se esquecerem de mim! Não podia, sabia disso, o que desaparece numa situação dessas é toda a inteligência, visão, sensatez! Naquela hora, ali no chão, diante dessa sequência louca de sentimentos, tudo importa muito. E se acontecesse um milagre? Não aconteceu. Aconteceu sim, nenhum osso do meu corpo havia se quebrado, apesar das fortes dores. Se desse, ali mesmo eu me deitaria, acabaria de chorar e dormiria, se isso me trouxesse o direito de não ter que encarar nunca mais aquelas pessoas. Depois da certeza da perda das sensações por uns poucos segundos, e sabendo ser impossível ficar ali, peguei numa mão estendida por alguém, a quem também não olhei nos olhos, apesar de o gesto ter significado quase um carinho. Retribuí, apertando os seus dedos. Me levantei e daí em diante encarei quem estava na frente. Peguei minha bolsa e parti.

A cocaína durou alguns meses na minha vida, apesar de eu não decidir, não saber se queria. Não sabia se queria? Enquanto isso, ia cheirando, cheirando, cheirando. Era como se ela tivesse autoridade, voz própria e dissesse: estou aqui.

Quando meu pai telefonava, eu falava que estava tudo bem, mesmo com a cabeça a estourar de ressaca, por uma noite virada. Ele perguntava como ia a faculdade e relembrava que todo mundo precisava ter uma carreira. Pra mim, eram carreiras, no plural; via muitas na minha frente, mas bem diferentes daquela que ele imaginava. Recordava-me dele falando do medo de ferir o próximo quando pretendia enaltecê-lo. Em mim, era ainda mais forte, em segredo estava ferindo meu pai no coração, enquanto sentia a mais violenta das culpas — eu feria a mim também, o que não me desviava de fazer o que fazia.

58.

Quando o pó é puro, ao se começar a cheirar, sentem-se mãos e pés gelados — bom sinal! Eu já sabia disso. Limpava a boca, já com as gengivas dormentes, me perfumava e, às vezes, perfumava também o hálito (com perfume mesmo), encontrava a sensação de "o mundo é mesmo incrível e maravilhoso" que eu queria. Levantava a cabeça, olhava-me no espelho, me via com aqueles cabelos pintados, tão pretos, fazendo contraste com a pele tão branca e o batom rosinha inocente. Num dia me dei conta de que há anos não ia à praia, eu que amo tanto o mar, não dava um mergulho há quanto tempo? Contagem feita ali com o coração já disparado, os pensamentos soltos: comparava o amor à praia com o amor à droga, vencedor naquela hora. Um dia, quando destranquei a porta do quarto (ah, por que o barulhinho suave da chave me assustou?), a escuridão era grande. Não fosse um pouco do reflexo da luz da rua, nem poderia andar pela sala. Não liguei, não senti nada, nada! Acendi as luzes e sentei assim de um jeito que achava cheio de classe, mas displicente. Percebia a realidade, não estava louca. Meu figurino era bem bacana também, pra esperar os poucos convidados dessa noite. Lembrei das duas amigas: cabelos pintados de negro, boca farta e batom vermelho. Quando a campainha tocou, me assustei, mas identifiquei quem era pela conversa ouvida do lado de dentro do apartamento. Abri a porta e ambas entraram com sorrisão meio travado e o corpo atravessado pelos estímulos. Tudo no mesmo clima, parecendo uma delícia, embora sem qualquer sombra de espontaneidade. Beijinhos, ansiedades, hálitos, depois a excitação generalizada: todos que iam mexer no som dançavam um pouco, sem combinação prévia, enquanto ao fundo só se ouviam as vozes daquelas poucas pessoas que falavam por muitas. Nem escutava o que diziam, ninguém perguntava que tipo de música o outro preferia. Conversas um tom acima: quem falava baixo agora falava alto, o discreto contava intimidades, o quieto não parava um minuto. Pensei: que merda!, o que ou a quem interessa a história da família dessa ruiva falante? E alguém vai lembrar de alguma frase dita aqui? Seguimos: cada um mais embalado que o outro. Em um deles, percebi um filete de sangue escorrendo, quase chegando à sua boca, e avisei: seu nariz está sangrando. "Não se fala isso, enlouqueceu?" Senti medo, identifiquei a promiscuidade — canudos coletivos feitos com notas de dinheiro. Coisas assim passavam completamente despercebidas, tanto quanto a chegada da madrugada. A noite ia acabando junto com o pó — talvez tudo ali estivesse mesmo chegando ao fim. A partir daí, só os queridos da dona da caixinha quadrada de prata, repleta até a tampa algumas horas atrás, e agora quase vazia, ganhariam mais alguma sobra. Olhei, entre desanimada e esperançosa, o resto da droga e disse a ela, com palavras mesmo: "Estou a seus pés", meio rindo, mas no fundo estava péssima (só eu sabia disso). Apesar da situação, não deixou de passar pela minha cabeça que talvez alguém mais naquele pequeno grupo também chorasse, como eu, pra dentro! Eu odiava esse momento: o de parar, sabendo que o instante seguinte, quando a "onda" vai passando, precisa ser resolvido. Engolia a saliva amarga e engolia o choro, mais amargo ainda. A que horas eu e o silêncio nos encontraríamos? Quando coloquei a cabeça no travesseiro, depois de dois comprimidos azuis, pedi não sei a quem que o inventor da droga, desta vez a lícita, me deixasse logo perceber sua potência. Não pude sentir a maciez dos travesseiros, a importância ou a desimportância de tudo!

59.

O melhor de meu namorado tinha ficado no passado, a cada dia estava mais distante, enquanto me fazia ouvir promessas que sabíamos não serem verdadeiras. Tudo que eu conseguia era pensar em perdoá-lo. Mais uma tarde, ele começou bebendo, fumando e cheirando, bebendo, fumando e cheirando. Quando vi, já era noite. Perguntei se não tinha mais ninguém naquela casa. Não, não tinha. Envolvidos, continuamos nas conversas fantasiosas. Um tempo depois, ele foi se calando. À meia-luz, nossos olhares se cruzaram e percebi nele alguma coisa de novo, que eu ainda não conhecia. Minutos depois, tive certeza de que algo estava mudando, de repente tudo pareceu incomum. Nesse momento começou a chover e ele não percebia o temporal, nem mais nada. Relâmpagos, trovões e um vento de terror passavam imperceptíveis.

Ele estava bêbado e alucinado pela maconha misturada ao pó, parecia hipnotizado. Tempestade do lado de fora, tempestade do lado de dentro. A chuva cresceu junto com a madrugada e, no mesmo ritmo, eu tentava falar com ele. Não tinha resposta. O medo aumentava! Tentei falar novamente, e só ouvi uma ou outra palavra indecifrável com uma voz pastosa. O que fazer, com o mundo vindo abaixo em água, acompanhada de um homem naquele estado? Comecei a imaginar que destino teriam as nossas vidas diante da tragédia que parecia chegar. A tudo aquilo ainda juntou a autorrecriminação, mas me livrei logo dela, não cabia ali. Tentei manter a calma, até quando acabou a luz. Nervosa, consegui acender uma vela, e a essa altura não tinha mais diálogo. Tentava fazer perguntas, sem respostas. Fiquei paralisada, com angústia e desespero, esperando o dia clarear enquanto ele estava adormecido ou desmaiado. Não sei se pela chama da vela muito débil, pelo pavor, notei na sua pele uma palidez impressionante. A espera até a chegada dos primeiros raios da manhã, não sei descrever. Finalmente, junto com o dia, vi que ele estava voltando a si.

60.

Passou a chorar, dizendo-se resolvido a parar com o pó. Meu namorado não tinha ideia do que fazer com os gramas já comprados. Preferia agir assim, já que a droga vendida aos pouquinhos era muito "malhada": "Não vou me intoxicar além do que preciso." Vender? De jeito nenhum. Não ia fazer papel de traficante. Jogar no lixo? Jamais. Não estava louco, um dinheirão investido ali pra acabar nisso? Dar para alguém? Nem pensar. Não daria um presente desses para iniciar ninguém. Se sentia aflito, inquieto e sem saída pela falta do pó; agora acontecia o contrário, sentia tudo isso pela sobra do pó. Nesse momento, meu namorado estava acordando, olhando o mar pela janela de casa, naquele dia nublado, tentando ver se a superdimensão de tudo já tinha abaixado, tomando pé das coisas, em torno do seu autoadoecimento (analisado por ele sob outro ponto de vista) e destruição (nem sempre comedida), curtindo ou sofrendo com as memórias da noite anterior. Era manhã, e antes de sair dos seus lençóis de muitos fios e travesseiros com a melhor pluma, ele pensava que o dia seria melhor do que o anterior. Queria compartilhar o que pudesse, queria enxergar o outro sem a consciência de que entre desejar e conseguir há um abismo! Pensava também que devia ser muito mais fácil ter tais intenções depois de dormir coberto por uma mantinha de *cashmere*. O próximo passo era a manifestação das neuroses que começavam a se manifestar intensamente — desde o prédio que poderia desabar em cima dele aos vampiros noturnos e frequentes. De repente a empregada avisa: "A polícia está aqui", como se estivesse falando da previsão do tempo. Um dos policiais entrou no quarto, abriu a cortina, arrancou o edredom com cara de nojo, pediu a senha do cofre e achou a droga. Sabia dos detalhes como se fosse alguém próximo. Pegaram o pó, olharam bem para o dono e um deles disse: "E agora, cara?" A dupla deu o preço para livrá-lo, ele ofereceu o dobro para saber quem o tinha dedurado, enquanto os dois policiais discutiam quem ficaria com a droga daquela vez. Pagou o que pediram. Menos de dois minutos depois, perguntaram se ele queria comprar de volta o pó por um terço do preço. Meu namorado disse apenas: "Sumam daqui!" Nossa vida seguia assim, na alternância de momentos de euforia, de tristeza, de culpa e agora de medo.

61.

Eu cada vez mais magra e fraca, uma amiga resolveu me internar. Na chegada à clínica, passou alguém numa maca. Quando vi de longe aquele talvez morto lembrei de mim e de minha avó no cemitério, com tantas árvores fazendo barulho ao vento, só faltando ter voz, e deixando-me apavorada, como se estivesse no escuro, mesmo com a luz do sol inclemente, igual ao medo que sentia com os comentários dela entre as sepulturas a falar de conhecidos ali enterrados. A gente sabe que falar mal de qualquer um nunca foi embaraço pra ela.

"Não sou como sua mãe que sempre fala bem dos mortos, por pior que eles tenham sido na vida, que merecem nossa reverência, que precisamos não enxergar seus erros."

"Aqui está o dr. Rogério, da farmácia, que de doutor não tinha nada, nunca entendi esse apelido, só se tinha doutorado na arte de enganar os outros."

Alguns passos depois:

"Aqui está a melhor pessoa que conheci, tão boa e generosa, ajudava tanta gente e não contava pra ninguém: assim deve ser a verdadeira caridade", disse sobre dona Regina; morta recentemente, querida na cidade toda, que perdera o marido ainda jovem, de infarto, e passara a vida de luto.

"Aqui está seu Valdo, criava cavalos e conversava com eles, como seu pai faz de vez em quando. Ele juntava os dedos da mão direita, tocava a testa dos animais e eles se derretiam; se estavam doentes, saravam, como um feitiço. Sabia quando os cavalos estavam tristes, se entendiam com o olhar."

E seguíamos:

"Aqui está o Dantas, não valia o que comia, morreu velho sem aprender que a conta desta vida chega em algum momento. Sempre destratava os subalternos. Um tabaréu que cheirava a dinheiro. Tirano, sempre querendo impor as coisas."

Ela sabia de tudo. E assim ia julgando, condenando e dando a sentença.

"Aqui está uma que era chamada vagabunda, em conversas de pé de ouvido. A ossada de uma vaca morta na seca vale mais do que a dela. Vivia enrabichada pelo marido da amiga. Pra isso não existe perdão."

E fomos. Quando parou em frente a uma lápide mais imponente.

"Aqui está uma que foi nossa vizinha de fazenda, dona Violeta, mulher muito bem-arranjada. É a prova de que a elegância não retarda a morte, foi destruída por um câncer. Tinha um defeito parecido com uma pessoa que conheço, dava peito depois de beber."

E vinham outros, e outros. Eu já cansada daquele calor, mas gostando das histórias e admirada da coragem de minha avó. De dia não tinha medo deles, mas e se à noite eles pudessem puxar seu pé, como minha mãe falava?

"Aqui está sua amiguinha", disse, olhando pra mim, "foi levada pela leucemia".

Eu tinha 6 anos. Achei que Leucemia fosse uma pessoa má e pensei: que nome feio!

Finalmente, no percurso de volta para o velório, depois desse grande passeio, disse:

"Aqui tem uma pessoa que desconhecia a simplicidade, tinha mania de grandeza, mas também era capaz de dar dinheiro aos pobres, se tivesse alguém vendo, pra demonstrar que tinha uma boa conta. Sempre querendo se mostrar, mas a riqueza alheia não me comove. Era tolo, mas generoso. A generosidade se sobrepõe a qualquer outro defeito."

Fez uma breve pausa e prosseguiu:

"Aqui está seu bisavô, meu pai, que a partir de certa época avisou que queria ser enterrado num caixão bem simples de laterais finas, escolhido por ele. Mesmo sendo jovem, resolveu ir a uma marcenaria encomendar, assim ninguém correria o risco de errar. Chegando, perguntou ao vendedor se ali faziam caixões. Não, mas dariam um jeito. 'Quem é o morto?', perguntou. 'Ninguém morreu, é pra mim mesmo, sou prevenido'. O homem levou um susto, mas seguiu com a conversa. Seu bisavô queria um caixão sem aqueles pegadores dourados, preferia os pegadores de couro de boi, sem verniz, de madeira mais frágil, dizia que era mais fácil para a terra comer. Chegou a hora de tirar as medidas, ele quis sair dali correndo, dizendo que aquilo tinha sido uma pilhéria. Desde então, nunca mais falou do assunto, até morrer."

Falava mais por alto de outros que estariam ardendo nas chamas do inferno ou na santa paz do Senhor, como a sepultura de um político "pior que um carcará". E da última mulher, que se deitava com qualquer um. Perguntei se era muita gente numa cama só. Não respondeu. Quando passamos em frente ao túmulo de um padre amigo, disse que pessoas boas como ele não deveriam deixar o mundo. Depois de passar pelo meu bisavô, veio seu choro, que vi uma única vez na vida: Vó, não chora, não.

Aquilo me dava arrepios e curiosidade, tudo junto. Ela sempre esclarecia que existiam ainda muito mais coisas, mas que não deveriam ser ditas a uma criança, para que não ficasse decepcionada com a humanidade desde cedo. Quando contei à minha mãe, ela balbuciou: "O que falaria de si mesma se estivesse ali enterrada?" Quando eu disse que ela tinha chorado na sepultura de seu pai, minha mãe sorriu e perguntou: "Ela chora?" Daquele dia em diante, eu nunca mais quis olhar um morto.

Equipe médica doce, dormi, finalmente. Durante os sonos, as dores se foram: as do físico, que eu sentia imediatamente antes de dormir; as do espírito, que me acompanhavam; e as do futuro, tive certeza, não viriam. Os problemas dos outros, que sempre estou a avaliar, pesar, medir, de um jeito superficial e adivinhatório, deixei tudo de lado, tentando dar à opinião alheia o valor que minha tia Jô dava: absolutamente zero. Não recriminei mais nada. As mágoas desapareceram. As paranoias, minhas velhas amigas, tomaram um rumo qualquer, finalmente. Algumas lembranças até me fizeram rir. Revi alguns pontos da minha vida: perdoei e fui perdoada. Consegui uma fórmula. Superei algumas mortes de pessoas queridas, veio não sei de onde a certeza de que estariam muito bem. Me vi cúmplice do mundo. Tudo já me aparentava ser elevado e parecia ter sido sempre assim. Com o dia amanhecendo, acordei. Minutos depois chegou a médica e perguntei: "Que remédio eu tomei?" Ela respondeu: "Morfina."

62.

No pós-morfina, minha sensação primeira, penso, foi me sentir desintegrada. Achava que ali minha vida era mais de agonia. O que tinha ficado em mim? Já com 18 anos, de qual fase da vida eu sentia saudade? De nada, nem daquilo que me comovia. Veio uma coisa estranha, como uma saudade diferente. Daquilo que estava vivendo não queria nunca mais me lembrar, nem das tias, nem do namorado, nem do aborto, nem da cocaína — se pudesse, escorraçava. Desejava uma experiência nova, diferente das trazidas pelas drogas. Se a mim trouxesse o que meu pai sentia ao colocar o pé no estribo — pra ele era como um patamar, como se tivesse nascido no lombo de um cavalo. Para outros poderia ser um meio de transporte, um veículo, uma terapia; pra ele, era como uma razão de viver. Vinha dali autoridade para ser quem era e, até, necessidade de sair do chão e ver tudo de um ângulo diferente. Eu queria isso. Como se a vida precisasse ter maneiras de avaliação: sob e sobre o verde do mato, deixando os malogros embaixo. Ali era o seu verdadeiro posto, porque do comando já era dono em nossas vidas. Era sua cadeira principal. Às vezes, sobre a sela, saudava o tempo, a lembrar o poder da natureza — fosse num gafanhoto, num abacate, num pôr do sol. Dizia que, quando eu ficasse grande, iria compreender. Revi cenas do circo quando ele me levava e um pensamento infantil voltou: se no picadeiro eles podiam fazer tanta coisa ousada e arriscada, eu imaginava que também ia poder. E veio minha tia, Jô, a primeira de todas; depois de certo tempo de convivência, ficou claro pra mim que ela queria demonstrar o tempo inteiro que eu era insignificante, juntando a isso talvez uma certa revolta de "ter que criar filho dos outros que tem pai e mãe". Ia crescendo junto a mim o desejo forte de querer mostrar a ela alguma coisa. Em momentos como agora, muito do que ela fazia comigo surgia de repente e dali aparecia algum sentimento. De mim tirou muito do lado bom da infância, mas isso fez com que eu me tornasse mais forte. Além da luta contra algo indefinível, vindo dela, que poderia me atacar, e eu tendo de fazer um grande esforço com as melhores atitudes, gestos, ações para ser poupada. Sensação de estar tentando juntar crédito para saldar uma conta com antecedência, caso ela chegasse. Imagino que tenha se transformado em algumas qualidades, se é que tenho. Isso veio dela também. Talvez tenha sido uma inimiga boa! Tá perdoada, tia Jô, até das surras. Ainda não completamente, porque eu nunca soube a razão de a senhora tirar meus lápis de cor da ordem.

E de novo, minha mãe: que paixões e dores levara consigo? A bebida era uma arma com a qual nos feria a todos, morríamos cada um, um pouco, mas quem morreu definitivamente foi ela. Sem bebida, minha mãe vivia com as esperanças amortecidas. Bebendo, todo tipo de sentimento se misturava, do rancor à alegria, ela demonstrava vontade, convocava de algum lugar aquilo que sonhava, como se viesse a percepção de que era possível. De ressaca, ela se perdia de tudo, surgindo um acanhamento, uma tristeza, uma vergonha. Em volta dela estava a família revoltada e truculenta, sem a possibilidade do perdão, por mais que não soubéssemos que era uma doença. Era eternamente rejeitada, nunca a acolhíamos. Outras vezes, no nosso cotidiano, a bebida dela era tratada como se fosse algo inexplicável, muitas vezes como um castigo do céu. Como se meu pai dedicasse a maior parte da vida a lutar contra aquilo que ela pudesse nos trazer, uma armadilha nova poderia chegar a qualquer momento. Por que ninguém enxergava os valores que ela trazia em si? Nós, a família, estaríamos unidos pela vida toda num desassossego coletivo por saber o que fizemos minha mãe viver ou o que deixamos de fazer. Uma ligação profunda. Eterna. E mesmo no nosso silêncio, estando juntos ou separados, sabíamos que sabíamos. Ou existiria no mundo maneira de levar a vida fazendo de conta que algo que aconteceu não aconteceu?

Deitada, na clínica, fechei os olhos, vi minha mãe falando que me amava. Assim, com palavras, ela jamais tinha falado. Tudo parecia tão real, por que eu parecia sonhar? Eu sempre pensava em pedir: diga que me ama, mãe, pra eu lembrar melhor depois, mas, pedindo, que graça tinha?

Ela também achava que não era amada por nós, ou se a amávamos não percebíamos, sentíamos raiva e revolta. Levar uma vida que não se quer, como minha mãe, deixava o que na gente?

63.

Fui à janela da clínica e vi o céu intranquilo, nuvens excitadas se movimentando. Quem a gente ama morre, mas não morre, pensei de novo. Lembrei que muita gente da roça falava que tocar a boiada é calmante. Quando uma boiada vendida era levada, parecia deixar um luto atrás de si, parecia um remorso. Era a tristeza pela partida do gado sem saber pra onde e a alegria do dinheiro para a subsistência. Eu estava assim.

Obrigada

A Arnaldo B., Arnaldo C., Dani, Ione, Laura, Marcia, Marianna, Narcisa, Paulinho e Tati.

Este livro foi composto na tipografia Grajon LT Std,
em corpo 12,5/15,5, e impresso em papel off-white
no Sistema Cameron da
Divisão Gráfica da Distribuidora Record.